艾琳・杭特(Erin Hunter) 著
古倫 譯

WARRIORS

貓戰士

荒野手冊之IV

部族戰爭

Battles of the Clans

晨星出版

獻給 威廉與奧立佛，兩位特別的男孩
特別感謝維多莉亞・荷姆斯

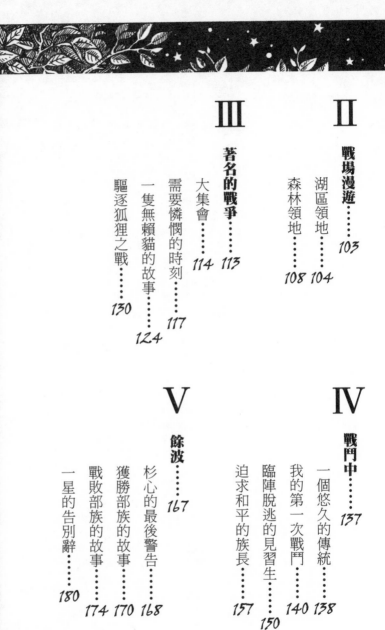

序：
血火交融

嘿，灰足，這些貓是誰啊？什麼，迷路貓，高沼地上發現的？他們要求見我？嗯，那就把他們帶到我的窩去吧。我們先好好看看他們。你們不是部族貓，對吧？我認不出你們的氣味。如果我沒說錯的話，你們身上還有點寵物貓的香氣。

別顯得那麼害怕的樣子，我們其實不會用寵物貓的骨頭做窩。看到了吧？只有苔蘚和羽毛。躺在骨頭上睡覺未免也太難受了。

我是一星，風族族長。這裡是風族營地。你們想知道部族貓的生活是什麼樣子，對嗎？你們想瞭解戰士守則，想知道它是怎樣將我們團結到一起，給予我們勇氣，讓我們得以生存下去的？

你們還對大集會感興趣，想知道我們為什麼在月圓之夜的月光下，和平友好地聚集起來，互相交流，傳遞智慧和信息，對嗎？

你們還想瞭解那些戰爭——對，就是戰

爭。我能從你們眼睛閃動的情形看出，你們最感興趣的就是這個：四族浸滿鮮血的歷史，導師傳授給見習生的作戰技巧之類的。

每個年輕戰士都夢想參加戰鬥。還有什麼比拿生命去冒險，更能證明你對部族的忠誠呢？還有什麼更好的機會可以獲得貓的殊榮呢？最偉大的戰士被每個部族銘記在心，在星族也受到我們祖靈的尊重。

但是，不要以為戰士們只渴望殺戮，只喜歡聽到集結的嚎叫聲，只願意投入無休止的激戰。我們生命的意義絕不僅僅在於戰鬥。我們活著的目的，是為了盡最大努力為我們的部族服務，狩獵新鮮獵物，為貓后和小貓修建安全的居所，在長老們加入星族之前悉心照料他們，對他們表現出應有的敬重。

你們朝四周看看吧，沒有任何一隻貓因為戰鬥中的負傷而流血或者跛行；每一隻貓的皮毛都光滑平順，沒有憤怒地豎立著；空中也聽不到狂怒的嚎叫聲，只有哺育小貓的貓后們咕咕嚕的喉音，還有長老講述故事的低沉聲音。

嗯？什麼？我在戰鬥中殺死過另一隻貓嗎？真是個有意思的問題！關於戰士生活，你們還有許多需要瞭解的。沒有哪隻部族貓是為了殺死另一隻貓而戰鬥的。戰士守則說：**值得尊敬的戰士並不需要依靠殺死其他貓來贏得戰爭**。不需要流血，我們也能贏得勝利。

投入戰爭是族長做出的最艱難的決定。不得不派我的戰士去攻打另一個部族，這比任何尖牙和利齒撕扯我的皮毛更讓我痛苦。戰爭是最後的手段，我與所有的貓族領袖一樣，願意做任何事情來避免我族戰士或者其他部族的流血衝突。

跟我來，寵物貓，我帶你去各個部族的領土，向你們介紹這些時而是敵、時而是友的貓，你們會學習到更多關於部族的戰鬥。幸運的是，現在這些部族處於和平狀態。明天晚上會有大集會，所以我們很多人都會在深夜之前休息，再前往島上聚會。

但請記住，我們有銳爪與與尖牙是有原因的，我的戰士們和這裡的任何一隻貓一樣勇敢和精練。當會談時間結束，戰鬥可能是唯一的選擇。還有在戰聲響起的時候，不必擔憂風族貓會有所畏懼。

I

戰鬥技巧與策略

雷族

雷族實況

族長：火星
副族長：棘爪
巫醫：松鴉羽
狩獵領地：森林
營地：石穴
獨特的戰鬥技巧：在濃密的灌木叢作戰

棘爪的歡迎詞

一星，出什麼事了？與你在一起的是誰？啊，是幾隻好奇的寵物貓。難道你們沒聽說過，我們會用你們的骨頭做窩嗎？別緊張，我們當然不會那樣。

歡迎你們來到雷族。我們的營地就在那叢棘灌木的另一邊，四周都被陡峭的石崖遮蔽著。對不起，我不能邀請你們進去，因為一星和你們已經對我承諾過，不會打探別的什麼，只想瞭解我們願意透露的信息。

你們想知道雷族的戰鬥技巧？好，那就先向四周看看吧。注意到了嗎？到處都是濃密的黑莓和蕨類植物，遮蔽了你們的視線。我們把它們當成最佳的偽裝和隱蔽手段，用來迷惑敵

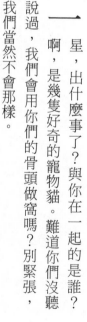

方，然後趁機從四面八方猛撲向他們。

儘管其他貓在這樣的地方會有被圍困的感覺，但我們訓練有素，擅長在這樣的封閉空間裡作戰，與入侵者正面交鋒，讓他們無處可逃。我們可以瞬間轉身，在幾乎沒有空間縮回腳掌的地方，給出致命的一擊，然後搶在敵人回過神來之前躍離原地。

火星甚至已經開始在樹林中上訓練課，這樣我們就能像松鼠那樣，從一根樹枝跳到另一根樹枝，趁著敵人還在地上尋找我們的蹤跡時，落到敵人的腦袋上。森林是最好的作戰場所。這是我們鍛練圍捕技能的地方。我們能悄悄尾隨獵物，並趁其不備迅猛有力地撲向他們。

你們想問什麼？你們想知道最好的雷族戰鬥技巧？最好的？嗯，我不能透露太多，只能這樣說，每一個雷族見習生都喜歡學「閃電前掌劈」。這招快如閃電，直截了當，具有致命的殺傷力。你們是不是在想，難怪雷族可以呼風喚雨？

特別的戰鬥技巧：
蜂掌學「閃電前掌劈」

「嘿，你們兩個！等著，我給你們講講今天的訓練！」蜂掌從荊棘叢中一躍而出，衝過被太陽曬得暖暖的泥地，向雷族長老睡覺的接骨木花叢跑去。

兩名見習生鴿掌和松青掌正與獅焰和波弟一起躺在長老窩外面。他們身邊沒吃完的老鼠和畫眉還是溫熱的，看起來很美味。但蜂掌太興奮了，急於分享他的消息，沒有半點胃口。

「是你自己告訴我們，還是想讓我們猜？」松青掌問道。

蜂掌眨眨眼睛：「鼠鬚和刺爪教了我們最棒的技能！是一個進攻動作，叫閃電前掌劈，簡直不可思議！有這個動作，任何一場戰鬥我們都不可能輸掉！」

獅焰不屑地哼了一聲。「單靠一個動作，不可能贏得一場戰鬥。」他提醒著，「不過偶爾使用倒是不錯，閃電前掌劈，的確最適合用來追擊入侵者，因為它迅猛快捷，出其不意。」

「對，簡直就是快如閃電！」蜂掌表示贊同。他注意到，鴿掌和松青掌都是一臉茫然。「就像這樣，」他解釋說，「你們兩個坐到那邊去——」他用鼻子推著他們，直到他們慢吞吞地從獅焰和波弟身邊走開，「假裝你們正在入侵我的領地。」

「我們也是入侵者嗎？」波弟打趣地問道。

「不，你們是樹，我要藏到你們的後面。首先，我在森林中發現了入侵的敵軍。」鴿掌和松青掌睜大了眼睛看著他。蜂掌在獅焰和波弟的身後蹲伏下來，然後開始向前爬動，腹毛掃過地面。

「你看起來像是在圍狩獵物！」鴿掌喘著氣說。

蜂掌突然從波弟背後抬起頭來。「你說得一點兒都沒錯。你們就是我的獵物！」他重新低下頭，又爬了一步，「要是你們看到刺爪今天上午是怎樣教我們這個動作的就好了。他蹲伏得比蛇的肚子還低！沒有貓會看見他的出現。」

「你哪天也該看看沙暴是怎樣教這個動作的。」獅焰插嘴道，「她可以從森林另一邊循著老鼠的蹤跡追過去。」

蜂掌向他皺皺眉。「樹可從來不會說話！」他提醒這

位戰士，「這是我的演練課。」

獅焰用尾巴拍拍蜂掌的肩膀，悄悄地說：「對不起！」

蜂掌把頭抬得和波弟鼻子一樣高，然後伸長脖子，直到能看見鴿掌和松青掌。他仍然蹲伏著，同時解釋當道：「一旦發現敵人，我們便悄悄向他們靠近，直到幾乎能觸摸到他們。然後，我們等著隊長的命令——當然是悄悄擺動一下尾巴那種——接著就起跳！」他的後腿向下一蹬，從波弟身後跳出來，落在鴿掌的腰處，輕輕將她撞向一邊，非常小心地沒把爪子伸出來。然後，他跳轉身，向松青掌撲去，前掌在空中亂舞。

「抓到你了！」他大叫道。

松青掌抽抽一隻耳朵：「你根本算不上森林裡最可怕的戰士。你甚至沒碰到我。」

蜂掌重新站穩腳跟，並提醒：「鼠腦袋，如果是真正的戰鬥，我就不會把爪子縮起來了！我會咬你、抓你，用後掌撕扯你，直到你求饒為止！」

當鴿掌和松青掌的眼睛愈瞪愈大時，獅焰插話了。他警告說：「我這棵樹不得不打破沉默提醒你，不要害新見習生做噩夢。」

蜂掌的毛髮重新平復下來。「嗯，你們明白了吧。我們瞬間跳起來，迅速猛烈地打擊敵手，盡可能讓他們不知所措。鼠鬚說要抓敵手的耳朵，因為這個部位比其他地方流血更多，會讓入侵者的傷勢看起來比實際嚴重。夠狡猾吧？」

他洋洋得意地看著另外兩個見習生。鴿掌看起來驚魂未定，松青掌好像沒有對蜂掌刮目相看。鴿掌抱怨說：「那不是一種戰鬥技巧，只能算是一般的進攻方式。」

「等等，你還沒聽完後面的行動呢。」蜂掌對她說，「這才是真正的妙計。我們第一次進攻後，隊長下令退回森林裡。敵軍以為我們已經放棄！但其實我們並沒跑遠。我們只是沒發出聲音，但一直在監視他們，直到那些入侵者鬆懈，以為我們已經消失到森林中去舔傷口了。他們絕對想不到，我們會那麼快再次發起進攻。畢竟，閃電不會在同一個地方擊中兩次，對吧？」他看著兩個聽眾。「對吧？」他催問他們。

「呃，不，不會。」鴿掌表示贊同。

「但這次卻會！」蜂掌宣布說，「只要對方一放鬆警惕，我們便再次進攻，與第一次一樣迅猛有力。同樣的作戰隊形，同樣的進攻動作。哈哈！這是那些無賴烏鴉毛們根本不會想到的！」他跳上前，伸出前掌，想像敵人在他爪下瑟瑟發抖的樣子。

「在同樣的地方發起兩次進攻，讓敵人驚慌逃竄，我們真夠厲害，可以隨時隨地發起進攻。雷族將以閃族之名著稱！」

森林攻略：

雷族如何掌握出奇制勝的要訣？

1. 悄聲前進，用暗號指示。斷裂的樹枝、受驚嚇的鳥和沙沙作響的蕨葉都會讓敵貓驚覺你的所在位置。
2. 站在入侵者的下風處，這樣氣味才不會被敵貓聞到。
3. 仔細察看斷裂的樹枝、森林地上被翻轉的樹葉、獵物殘骸或荊棘上的一撮毛，這些跡象可以讓你更快找到入侵者。
4. 張嘴搜尋樹根或矮灌木上的陌生氣味。注意：當在無風的森林裡聞到敵貓氣味時，代表他已經離你很近。
5. 淺色毛皮在棕色和綠色的葉叢間容易被注意到，因此盡量躲在葉叢茂密的地方，壓低身體，因為敵貓通常在正常的頭部高度位置搜尋，而非靠近地面的地方。
6. 千萬別錯過任何可以使你追蹤技能精進的機會：在育兒室裡，小貓偷偷地靠近母親，並用苔蘚般柔軟的腳掌突襲母親。見習生從灌木或樹叢間跳到其他貓身上。這些不僅僅是遊戲，這些技巧可以保你一命，並且保衛部族。

塵掌的話：
森林中的陰影

我有點吃力地爬上樹幹，前爪張開，耳朵低伏。在我上方，那條蓬鬆的灰色尾巴在一根細樹枝旁一擺，就消失了。通過樹葉輕微的沙沙聲，我知道那隻松鼠已經跳到旁邊樹上的安全地帶。

「狐狸屎！」我咬牙切齒地嘶嗚一聲，心裡希望能儘快把它抓到，這樣，虎爪就不會注意到我爬樹的速度太慢。

我爬上那根樹枝去追松鼠，沒想到樹枝在我腳下晃蕩起來，我就要從樹上摔下去了。

救命啊！我嚎叫一聲，前掌奮力抓撓，直到將爪子插入頭頂的樹皮中。我吊在樹上，尷尬得皮毛發燙，吃力地也喘著氣，後腿在身下晃蕩著。

一個禮貌而又嘲諷的聲音從樹下傳來：

「快告訴我，塵掌，紅尾什麼時候教你那樣吊在樹枝上的？他有說過，攀爬能力也可以用於狩獵獵物？」

我咬緊牙關，吃力地爬回那根樹枝上。我知道，為自己辯護沒有任何意義。虎爪只會趁此機會再次挖苦我的導師。他由於吃了一隻老黑鳥後腹痛，此刻正待在營地裡。

那邊的樹葉發出一陣沙沙聲讓我愣住了。難道是另一隻松鼠？偉大的星族啊，難道森林裡的每一隻松鼠都住在這棵樹上嗎？

我悄悄地從樹幹邊看過去，想在樹葉中間看到一個蓬鬆的灰色身影。我聽到一聲很輕的「喀嚓」聲，接著是腳掌順著樹枝急速走動的輕微聲音。

突然間，我後面的一根小樹枝斷了，我這才意識到，是同一隻松鼠在和我兜圈子，嘲弄我。**你這隻臭獵物，你給我等著，等我在地上看到你再收拾你。**我碎碎念地順著樹幹往下爬，跳到地上。

虎爪正在樹下等我，他肌肉發達的腳掌陷在黴爛的樹葉中。黑毛和長尾站在他後面，用嘲諷的眼神看著我。那一刻，我真想挑戰他們，叫他們到樹上抓隻松鼠來瞧瞧。因為任何一隻貓都知道，只有速度最快，經驗最豐富的狩獵貓才會追到樹上去抓松鼠。但我猜，虎爪對於見習生在戰士面前表現得不禮貌，一定有許多懲罰的方法，而且會很樂意施加於我。因此，我什麼也沒說。

一隻瘦骨嶙峋的黑貓走到我面前。「你只是運氣不好。」烏掌說，他深藍色的眼睛裡充滿同情，「我根本不敢爬那麼高！」

虎爪斜眼看著他的見習生。他那輕蔑的眼神讓我不寒而慄。「正因如此，我才讓塵掌去追趕那隻松鼠。而你，恐怕連罹患白咳症這樣的事也都趕不上。」這名戰士咆哮道。

他抬起頭，清晨的陽光從樹葉間照射下來，在他皮毛上投下白中帶金的斑駁光影。

「走吧，我們回營地去。」他命令道，然後率先順著鳳尾蕨中的一條狹窄小路向前走去。長尾和黑毛急忙跟了上去。我在心裡嘀咕：去吧，去拍虎爪的馬屁吧，如果你們認為，這能讓你們成為更好的戰士的話。烏掌和我落在後面，他的尾巴垂得很低，低得尾巴尖都在樹葉中劃出了一道淺溝。

我抬頭看著那些樹，不知道那隻松鼠跑到哪裡去了。如果牠在附近有窩，我就可以再回來，試著趁牠在地上覓食的時候抓住牠。

這時，我突然聽到一個微弱的聲音，像是小樹枝啪地斷裂的聲音，我猛地轉過身。一道黑色身影閃過，緊跟著又是一道白影，還有豎起的耳朵輪廓。那是什麼？看起來像是尾巴尖在鳳尾蕨上方抽動。

「塵掌，你的腳掌生根了嗎？你知道的，藍星正在期盼著我們在日出前回去呢。」虎爪正站在小路盡頭，不耐煩地彈動著尾巴。

「我想，有敵貓入侵！」我壓低聲音說道，並用耳朵指了指剛才看到那些身影的地方。

虎爪順著我的目光看過去。當他看到灰色樹幹之間那一串悄悄前進的灰色瘦長身影時，一下子僵住了。

「影族！」他低吼一聲，脊背上的毛髮豎立起來。「巡邏隊！過來！」他低聲喚道。烏掌、長尾和黑毛疾步向我們走回來的時候，鳳尾蕨顫動得更厲害了。他們從灌樹間看過去，驚恐地看到影族戰士正在向雷族領地中心前進。

「這些吃鴉食的無賴貓！」黑毛伸出爪子，咆哮道。

長尾綳緊神經，「要我去找支援嗎？」他提議說。

虎爪搖搖頭：「沒時間了。我們必須自己把他們趕出去。」

黑毛倒吸一口涼氣：「但我們只有五隻貓，而他們卻像全族的貓都來了。」

「他們會把我們撕成碎片的。」烏掌嗚咽道。

「如果我們先把他們撕碎，他們就不能殺我們了。」虎爪咬牙切齒地說，「我們用閃電前掌劈。快、准、狠地出擊，撤退，然後再次從同一個方向發起同樣的進攻。」

松鼠，像松鼠那樣兜圈子。

「松鼠！」我說出聲來。

虎爪看著我，彷彿以為我瘋了。「不，是影族入侵者。」他怒罵道，「偉大的星族啊，如果你連一隻獵物都抓不到，我怎麼帶你參加戰鬥啊。」

「不，我們必須像松鼠那樣思考。」我堅持說，「至少，我剛才在樹上沒捉到的那隻松鼠就是這樣的。牠和我兜圈子，讓我以為有兩隻松鼠。牠……牠在迷惑我。」

黑毛嗤之以鼻，會意地看著虎爪：「好啦好啦，那你就回去說服你那個大尾巴的朋友來幫我們吧。戰鬥的事我們自己操心。」

但那深色虎斑戰士卻開始若有所思地看著我了。他催促道：「繼續說。」

我結結巴巴地說：「我認為，如果我們從一邊發起閃電前掌劈，然後在另一邊重新聚集起來，並……嗯……假裝是不同的貓，影族可能會以為我們的數量更多。這就像雙閃電前掌劈。」

「啊，對。因為影族是瞎子，也沒有嗅覺，會以為每一隻雷族貓看起來都差不多。」長尾譏諷道，還抽了抽尾巴，「塵掌，你想得倒美，但我認為虎爪才是我們的領隊。」

虎爪抬起一隻前掌。「等等。這可能有效。」他轉頭看著其他貓，「如果我們的進攻速度夠快，能引起足夠的混亂，入侵者就沒有機會看清楚我們。你們三個，按我的命令，誰都不要和隊伍走散。烏掌——」

哇！無所不能的虎爪真的在採納我的建議嗎？

「烏掌，回溪谷去向藍星報告情況。」他命令道，「如果這個計畫失敗，我們需要支援儘快趕來！」

烏掌像蛇一樣消失在鳳尾蕨中。

虎爪轉身一躍，穿過樹叢朝入侵者的方向跑去。長尾和黑毛也馬上跳起跟了上去，我跟在他們後面，這是我第一場真正的戰鬥。血液在耳朵裡流竄，我張嘴大口吸入那污染了清新空氣的陌生貓的氣味。

「停！」虎爪回頭嘶喊道，「入侵者就在前方！」

我從其他貓的肩頭上看過去，看到一隊影族戰士正沿著一條狐狸小路靠近。他們現在放慢了速度，彷彿不確定雷族營地究竟在哪裡。

「準備！進攻！」

他也沒注意我們是否跟上了，就從灌木中衝出去，咆哮一聲，跳到隊伍最後面的那隻影族貓背上。那隻短尾巴的棕色公貓根本沒時間嚎叫，就被打倒在地。虎爪用那隻虎斑貓的臉當踏腳石，後腿猛地一蹬，向第二隻貓猛撲過去。

黑毛衝過去，將伸出的前爪嵌進另一名影族戰士的身體。後面的那隻棕色公貓剛想站起來，便被長尾和我再次打倒。

隊伍前頭的貓衝回來，露出牙齒，抬起爪子。沒時間考慮什麼戰鬥動作了，也顧不得應該把全身的重量平衡在後腿上，每一擊都完美地動作。

相反的，我只是本能地跳轉、抓撓、撕扯，直到四周的樹都變得模糊起來。

我一隻爪子勾住了敵貓耳朵上的皮，一扭身，腳掌乾淨俐落地向後一拉，感覺到一股鮮血噴到我的口鼻上。

「雷族，撤退！」虎爪的命令在戰場的廝殺和喘息聲中傳來。我縮回爪子，跳到最近的一叢鳳尾蕨中。我回過頭去，看到長尾正滿意地眨著眼睛，還抬起一隻前掌查看爪縫中的毛。空地上，入侵者說話了。

「我們把他們打敗了嗎？」這是那隻短尾公貓的聲音。他的一隻耳朵流血不止。那隻帶隊的黑足掌白貓向四周看了看。我認出那是黑足，影族副族長。我在大集會上看到過他和另外幾隻貓。

「肯定是的。」黑足吼道，「那些膽小如鼠的貓，甚至不能保護自己的領地！」

「我們應該繼續往前走嗎？」一隻紅毛母貓問道。她的眼裡閃著光，好像是他們之中最沒有因為受到突襲而沮喪的貓。

「等等，黃毛。」黑足卻說，「我們先喘口氣。」

「走這邊。」虎爪悄悄地說。他在狹小的空間中轉過身，從狐狸路旁鳳尾蕨的另一邊鑽出去。他用尾巴尖捂著嘴巴，警示我們別出聲。然後，我們兜了個圈子、躡手躡腳地圍著影族戰士。

我們剛走到看不見他們的地方，虎爪便從狐狸路上跳過去，鑽進那邊的灌木中。這裡的黑莓和鳳尾蕨更多，荊棘從脊背上劃過時，我咬著舌頭才沒痛得失聲叫出來。

「快！」虎爪喊道，「搶在他們重新開始行動之前。」我們從糾纏雜亂的荊棘中往前鑽，直到出現在入侵者的背面。他又說道：「記住，一定要用腳掌刨起沙子，好讓他們看不清楚我們的行動！」

他吃力地從樹枝間鑽出去，黑毛緊隨其後，然後是長尾。我先深吸一口氣，然後也跟著鑽了出去。我還沒從剛才的戰鬥中恢復體力，腦袋仍然暈暈的，因為跑了一圈，腿也還在抖。但這計畫好像生效了。從影族戰士的反應來看，他們完全認為這次是另一個戰鬥隊發起進攻了。

「之前那些貓去哪裡了？」短尾躲開長尾連續揮出的前掌，氣喘吁吁地問。

「注意身後。」黑足咬牙切齒地提醒他，「小心他們從背後偷襲我們。」

「我敢肯定，我聽到他們叫那隻貓長尾。」黃毛嘶聲道，「我確定是這個名字。」

我眨眨眼睛。**你肯定嗎，黃毛？**「嘿，追風！」我喊道，「我這裡需要幫助！」

長尾驚訝地看著我，剛要說什麼，又點了點頭。「來了，灰掌！」然後他從短尾身上跳過去。

此時，短尾已經被黑毛的反身一擊打倒。我和他雙面夾攻，將一隻銀白色虎斑公貓堵在黑莓叢邊，抓掉了他身上好幾撮毛。

「幹得不錯，獅心！」黑毛在我們背後喊道。虎爪已經把黑足打得滾向一塊岩石。然後，那隻巨大的深色虎斑貓轉身一躍，看著他的戰士：「雷族，撤！」

這時，黃毛已經跑過來支援銀色虎斑貓。我躲過她的一掌，跳進一旁的黑莓叢中。虎爪和其他貓跟著跳了進來。他們個個腹部急劇起伏，皮毛上沾滿了沙子、塵土和血跡。黑毛的一隻眼睛半閉著，可能被打中了。

「最後一次進攻！」虎爪低聲命令道，「長尾和黑毛，你們留在這兒。塵掌，跟我來。我一發信號，我們就從兩面同時進攻，裝作全部雷族貓都在我們背後。明白了嗎？」

兩位戰士嚴肅地點點頭。然後，虎爪鑽回黑莓叢中，我急忙跌跌撞撞地跟上。我們從影族戰士看不到的地方跨過小路，回到第一次發起進攻的地方。入侵的貓都擠在空地上，驚恐地四下張望，等著我們的下一次進攻。

「你認為，我們應該在他們回來之前離開嗎？」短尾小聲地問。

虎爪沒讓敵貓有回答的機會。「進攻！」他嚎叫著從鳳尾蕨中衝過去。小路另一邊傳來黑毛和長尾從黑莓叢中衝過來的聲音，將血跡斑斑的腳掌抬起來，爪子伸了出去。

我加入戰鬥，並回頭喊道：「紅尾，這邊！」

「藍星，我們包圍他們了！」長尾補充道。

影族貓驚恐地轉過身。「他們把全族貓都帶來了！」黃毛驚呼道。

黑足停下腳步，與虎爪口鼻相對。「這次你們贏了。」他吼道，「但記得防禦你們的邊界，因為我們還會回來的！」然後，他抬頭喊道：「影族，撤退！」

虎爪後退一步，甩甩尾巴，假裝示意雷族貓同樣休戰。

我心滿意足地看著影族貓一拐一拐地從我們身邊走過，在沙地上留下斑斑血跡。

我的計畫奏效了。我的部族安全了。雷族沒有受到影族的入侵。

影族

影族實況

族長：黑星

副族長：花楸爪

巫醫：小雲

狩獵領地：松樹林

營地：松樹林下被荊棘叢環繞的陡坡

獨特的戰鬥技巧：黑夜伏擊

花楸爪的歡迎詞

你好，一星！你來影族領地幹什麼？啊，我看到了，你還帶來了同伴。風族現在開始召集寵物貓加入了嗎？你真的期望我邀請你進入我們的營地，還要解釋為什麼影族戰士是所有部族中最能引起恐慌的？我的朋友，我們的力量可是祕密武器。你以為我會請你訓練我的族貓，讓他們跑得和你一樣快，或者像你那麼會捕兔子嗎？我想不會。

但是，如果我只是提醒你，影族不是徒具虛名，那我就沒有違背我的職責，我仍然是黑星的副族長。我們是夜間狩獵者。在黑暗中，在讓其他貓沉睡的寂靜中，我們的所有感覺都最機敏。我們可以無聲地在黑影中穿行，像魚從黝黑的水中游過；我們還能無聲地互相交談。與其他部族不同，我們不依賴月光，也不喜歡星族監視我們的那些亮光，我們更喜歡在最黑的夜裡才能找到的自由。

戰鬥的時候，我們不會浪費任何時間去集

結戰士，去說教或者許諾榮譽。他們都知道部族對他們的期望是什麼，都知道怎樣去實施或者接受背叛部族的懲罰。

儘管其他的部族總是排成行列和圓圈，制訂周密的作戰計劃，我們卻喜歡突然襲擊，然後立即消失在暗夜中。我們作戰的目的就是為了勝利，不為別的。

現在，你們快走吧，讓我們在漆黑的夜裡訓練。但願星族——不是影族來到你的夢境裡。

特別的戰鬥技巧：
虎心教「黑夜伏擊」

見習生們，過來集合。我知道天很黑，但你們能聽到我的聲音，對嗎？這就對了。

在這邊。不，橄欖掌，你不會掉進狐狸洞的。我今天早已檢查過了，這是個進行伏擊訓練的好地方。也許有一天，你們將不得不在什麼地方探路，有什麼洞等著你們掉進去，但願那時候你們已經有豐富經驗，自信心也強得多，能夠遊刃有餘的在夜間行走。當然，前提是你能活到那時候。

焦掌，立刻從那棵樹上下來。不，我的視力並不比你好，但我有耳朵。就算是一隻死獾，也能聽到你爬上樹時爪子抓撓樹皮的聲音了。而且現在，你的氣味從我頭頂上飄下來，這也是你暴露的原因之一。

潑掌、紅掌、鷹掌，你們到了嗎？好。現在，我要你們都一動不動地站著，閉上眼睛。誰在打呼？焦掌，這可不像你想像的那麼好玩。只有馬才站著睡覺。如果你想去和牠們一起生活，整天吃草，我相信黑星可以安排。

對，眼睛一直閉著，直到我讓你們睜開為止。鷹爪，把嘴巴也給我閉上。如果我能聽到你的私語聲，那敵貓也能聽到。利用你們的其他感官。你們聽到什麼了？聞到什麼了嗎？皮毛有什麼感覺？有誰能回答？

沒錯，只有我直接問你問題時，你才可以張開嘴。做得不錯，潑掌。湖上有風吹過來，送來了水、魚和河族的氣味。但還不夠強烈，判斷不出來他們是否待在自己的領地上。你以為能聽到雷族貓的叫聲，焦掌？不，你不能。除非黑星哪天得到一個預言，說有一隻貓比任何生物聽得更遠，我就相信你。

是的，紅掌，有兩隻貓在邊界那邊互相呼喚。兩腳獸窩裡的一隻寵物貓和平時一樣愛亂叫，抱怨自己在這樣一個美好的狩獵夜晚被關起來。這麼說來，我們的感覺告訴我們的是，對這些生活在我們附近的傢伙來說、我們的領地十分安全，沒有入侵者，沒有任何不尋常的東西。

現在，睜開眼睛。對，橄欖掌，仍然很黑，但是，你可以看得更清楚一些了，對吧？你們的眼睛已經開始適應，可以在沒有光的情況下看見東西了。

抬起頭來，看看樹在天空中的輪廓。你們仍然看不清多少東西，但較濃的陰影可能是灌木，甚至可能是另一隻貓。你們練習愈多，在夜間行動就會變得愈容易。

其他的部族都害怕黑暗，在黑暗中會不知所措。沒有視覺，他們和小貓一樣無助。只有影族知道黑夜的魅力所在，並將它當成一種力量。

今晚，我們是伏擊隊。我們將埋伏，利用黑暗隱藏自己等候敵貓的出現。然後，我們發起突襲，在任何一隻爪子都沒伸出來時，我們已經削弱了敵貓的力量。

首先，我們需要找到一個進攻區，壕溝正是我們要找的地方。兩側一邊高一邊低，如果我們從兩頭發起進攻，敵貓將無處可逃。這顯然是一條通往營地的路，因此我們可以確信入侵者會從這裡經過。我們可以藏在頭上的樹木中，占據居高臨下的優勢。

我們爬到壕溝裡面，找到一個藏身的好地方。紅掌，你何不挑選一叢藏身的灌木？嗯，不要離溝邊太遠。我們需要聽得到敵貓來的聲音，看得到他們進入深溝。這裡就不錯。好，大家都擠進去。

這樣，我們就在這上面藏好了。但我們最好還能得到指示，可以預先知道敵貓就要到了。

我們需要一支預警隊，只要兩隻貓就好。入侵者向深溝走來時，預警隊一路跟在後面。想像一下，假設你們正跟在入侵者後面，需要提醒伏擊隊做好進攻的準備，你們將怎樣發出信號？

好，鴞掌，這貓頭鷹叫聲模仿得很好。但也許伏擊隊以為是真正的貓頭鷹在叫呢。什麼聲音可以在這樣的夜裡清晰地傳遞很遠，但只有這個領地上的貓才能分辨出來？

這個如何，嘶嘶嘶嘶嘶嘶嘶嘶嘶嘶？這不是蛇，橄欖掌。這是樹林裡的風聲！今晚為什麼可以用這個聲音呢？對，因為湖上吹過來的風不大，不會吹動松樹枝，但其他部族的貓不會知道這一點，因為湖邊只有咱們領地裡長著松樹。

今晚的微風對我們很有利，除了會吹來入侵者的氣味，又能掩蓋我們的氣味。我們還需要順著溝頂分散開來。如果這是一支真正的伏擊隊，我們會有足夠多的貓可以埋伏在溝那邊。我們各就各位，但都在可以聽見隊長命令的範圍內。然後，靜靜地等待。現在，讓我來看看，你們是怎樣進入等待狀態的。

如果有月光或星光，我們會有什麼問題呢？對，紅掌，我們有影子。我們需要待在灌木的黑影之中，把我們的輪廓隱藏起來。記住，如果你能看見他們，他們就能看見你。正因為這樣，黑暗才是我們最好的掩護。

想像一下，敵貓進入深溝了。誰最先發動進攻？對，是潑掌。深溝兩頭的貓先衝下去，把敵貓堵在溝裡，讓他們知道自己被包圍了。然後，其他的貓才發動進攻。直接從兩邊跳下去，利用身體下落的重量給敵貓第一擊。見習生們，進攻！

哎喲！紅掌，把你的尾巴從我嘴上拿開！我腳下的是誰啊？橡欖掌，快起來。不，你的尾巴沒斷，只是有點……凹下去了。

在真正的伏擊戰中，除了敵貓之外，沒有誰會被踏扁。還記得嗎，我告訴過你們，我們在深溝頂上是排成六行的？對了，我們進攻的時候也要保持那種隊列。我們為什麼要這樣飛身躍下，砸倒打頭陣的一兩隻入侵貓，卻任由他們的其他族貓自由作戰呢？

我們是希望搶占數上的優勢，以便用最快的速度制服他們。進攻的命令一旦下達，就沒有其他命令了。你們都得知道應該怎麼做。敵貓一投降，或者乞求饒命，戰鬥就停止。你們站定了，頭高高地昂起。你們是影族貓。

我們不會對敗北的仇敵幸災樂禍。我們只是等著他們離開，心裡清楚他們不敢留然回來。在他們消失之後，你必須先走進最近的陰影中，然後再回營地。不要發出任何聲音，重新融入黑夜中。這樣，如果仇敵回頭張望，他們什麼也看不到，只有空蕩蕩、靜悄悄的夜。

森林是我們的，我們是隱形貓。只有他們身上的傷疤會表示他們戰敗了。夜晚、黑暗、冷空氣，都屬於影族。這是我們的祖先賦予我們的能力，我們用每一次伏擊向他們表達敬意。你們需要向祖先證明，你們值得擁有這樣的天賦，而且會把黑夜當做我們最強大的保留武器。

尾巴暗號

影族是第一個設計用尾巴做指示的部族。現今四族也都採用這個方法。通常領隊者負責做出暗號，戰士們需要學習看到領隊者的指示時，能夠立即做出正確的反應。

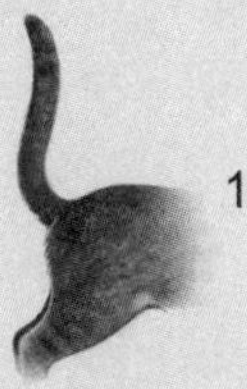

1. **尾巴豎直：**「停」。
2. **尾巴起伏波動：**「小心地向前移動」。
3. **尾巴豎直、緩慢地左右擺動：**「安靜地撤退」。

4. **尾巴指向地面，左右擺動：**「散開」。
5. **尾巴平放：**「往下」。
6. **尾巴上下快速擺動：**「敵貓看見了」。

7. **尾巴彎成鉤狀：**「危險」。
8. **尾巴突然指向某處：**「走那裡」。
9. **尾巴垂直，向兩旁搖動：**「待在我身後」。

10. **尾巴捲到背上：**「跟著我」。

黑星的話：
湖邊的伏擊戰

「橡毛，杉心，等等！」我對前面的戰士斷喊道。

族貓在那片硬梆梆的黑石頭地邊緣停下腳步。兩腳獸的怪獸就留在那裡。這是影族領地邊界，從這裡開始，我們就進入河族領地了。

花楸掌和褐皮加入了我們的行列。他們眼裡閃動著白茫茫的星光。月亮躲在雲層後，這讓夜視能力傑出的影族貓帶來明顯的優勢。

我們即將教訓那些吃魚的無賴河族貓，讓他們知道必須信守承諾，尤其是對影族的承諾。我們已經給過他們機會和平解決這個問題，但他們拒絕了。

「小心！」

「看，那邊有一條！」

「別掉下去！」

我聽見說話聲和濺水聲，急忙伏低身子。

那聲音在非常靜的水面上也能傳得很遠，飄入帶有松香味的影族領地空氣中，夜晚的獵物將會嚇得往洞裡躲得更深。明天早上，我的營地裡又將沒有新鮮獵物了。我的部族又得挨餓。這都是河族的錯。

我對橡心和杉心點點頭，然後用尾尖指著水邊那座小小的木制兩腳獸巢穴。橡毛和杉心從硬石頭地上走過去，溜進木制巢穴周圍的陰影中。我垂下尾巴，示意褐皮和花楸掌待在我身後別動。然後，我回到石頭邊上的一叢鳳尾蕨中，坐下等候。

上次月半的時候，我曾拜訪過豹星，請求她讓她的狩獵隊停止在閑泮橋捕魚，因為斷半橋就在影族邊界上。

在那以前，河族貓白天一直在那裡捕魚，引起了那臨時性巢穴裡的兩腳獸的注意。在成年兩腳獸到來之前很久，狗和小兩腳獸笨拙地發出的噪聲就已經把河族狩獵貓嚇跑了，但由於這些入侵者的到來，我的族貓卻不得不蹲伏在稀疏的灌木下，被迫躲藏起來，生怕被哪隻饞涎欲滴的惡狗發現。

我本來可以用武力解決這個問題，延伸影族領地，把斷半橋以及兩腳獸放那些東西下湖的地方包括進去，就是那些可以漂浮在湖上，有著巨大的白色翅膀的怪玩意兒。

如果我延伸領地，就可以把河族狩獵隊阻隔在離影族領地最近的水域以外。但當時，部族才在湖邊生活了三個月，每一隻貓對大遷移都還記憶猶新，我不想去挑戰剛劃定的邊界。

四族是一起找到湖區的。大家是那樣齊心協力，這在任何一隻貓，甚至包括長老的記憶中都是第一次。無論我多麼想捍衛自己的新領地，我都不願成為第一隻打破休戰協定的貓，因為我們的森林家園被毀掉時，是這份和平救了我們。

因此，我沒向河族的邊界巡邏隊發起進攻，而是要求與豹星和談。當我告訴她，我不希望因為兩腳獸到斷半橋來看貓捕魚而受到騷擾時，豹星對此表示同情，而且同意改善這種局面。從表面來看，四個部族重新分開後，大遷移中結下的同盟關係依然存在。

我造訪豹星之後，情況的確有所變化：河族貓白天不在斷半橋捕魚了，因此沒有再把兩腳獸和狗招到松樹林裡來；但現在他們改到夜裡捕魚，而這卻正是影族狩獵隊出動的時候。豹星肯定是明白的，夜裡在斷半橋狩獵只會引發新問題。

如果河族決心要證明，他們在大遷移中沒有什

麼需要感激其他部族的，那影族也不想繼續對他們表現出什麼尊重。

一個苗條的身影出現在黑石頭地邊上，是霧足，河族副族長。石流緊跟在她後面，再後面是深棕色的鼠牙的輪廓。他旁邊身形更小一些的貓是肥胖慵懶的燕尾，通過她那一搖一擺的步伐一眼就能認出來。我滿意地眯起眼睛。一對一。

「影族，進攻！」我嚎叫著從鳳尾蕨中跳出來。霧足剛走過黑石頭地的一半，突然停下腳步。其他的河族貓撞到她身上，她嘴裡的魚掉到地上。

我衝過去對付河族副族長時，感覺腳下的石頭地粗糙而灼熱。

我的動作太快，霧足根本沒時間作出反應，我已經向她撲了過去，我伸出腳掌往她腹下一掃，將她絆倒在地，還用爪子在她腹部抓了一把。

我旁邊的褐皮狂怒地嘶鳴一聲朝燕尾撲去。這隻河族母貓的動作快如閃電，她猛地轉過身，亮出前掌，抓住褐皮的雙耳。我朝她跳過去之前，心裡還在想，這隻看起來營養過剩的母貓竟然動作這樣乾淨俐落，真讓我刮目相看。

我落在燕尾的背上，伸出爪子。這隻深色虎斑貓尖叫著，被我壓倒在地。然後，在我跳向一邊的同時，她也從一側向我衝過來，試圖壓扁我。她那沉重的身軀，再加上那身噁心的魚味兒，差點兒讓我喘不過氣來。

眼角一道灰光一閃，我知道是石流過來幫助族貓了。但他被橡毛和褐皮截住。他們抬起後腿，並肩站在一起，用配合完美的攻擊使灰毛公貓退後。那邊，花楸掌已經把鼠牙仰面摔倒在地上，牙齒咬著他的頸背，同時用後腿猛擊棕色公貓的肚子。我聽到身後的霧足正從地上爬起來。她呼吸急促，狂怒地咆哮道：「黑星！你在幹什麼？」

我從燕尾身邊後退一步，向兩邊搖動尾巴，命令我的族貓將河族狩獵隊包圍起來。我的戰士們立刻停止戰鬥，跑步就位。杉心站到燕尾和斷半橋之間，封鎖了河族貓游水逃跑的退路。花楸掌和褐皮站在狩獵隊那邊，背對著河族領地。他們很可能背後受敵，但我們其他的貓會留意那些濃密的灌木，密切監視是否有河族戰士來救援。

橡毛站到我旁邊。石流向他走近一步時，他翻起嘴唇，露出牙齒，河族貓眨眨眼，退了回去。

「這才是明智之舉。」橡毛低聲吼道。

我瞥了他一眼。這是伏擊，不是戰爭。我們已經毫不費力地贏得第一個回合。從現在起，由我來說話。

霧足先開口了。「星族啊，這究竟是怎麼回事？」她厲聲問道。

我深吸一口氣，讓憤怒通過爪尖發泄出來，支撐著我站穩腳跟。發脾氣是軟弱的表現。此時此刻，我的戰士已經包圍河族，我能控制局面。「豹星承諾過你們不再在斷半橋捕魚。」

霧足閃動著眼睛：「她承諾的是，兩腳獸可以看見我們的時候，我們不捕魚。我們沒有食言。」

「你們都很清楚，你們發出的聲音太大，足以把山那邊的兩腳獸招來。」我是咬牙切齒地說出這番話的，「如果我們的狩獵隊還沒出發，獵物就都被你們嚇跑了，那我們還想獵什麼？」

「也許你們的狩獵隊應該學學怎樣更好地狩獵。」鼠牙譏諷道，「不然，難道你們只會教見習生張著嘴巴乾坐在那裡，等著新鮮獵物往嘴裡跳？」

我沒有理會鼠牙，而是接著對霧足說：「每一個部族都應該有公平的機會把新領地營造成新家園。你們的自私卻讓我們愈來愈難做到這一點。」

「自私？」霧足重複道，「從什麼時候開始，為我們的族貓捕食成為自私的表現了？鼠牙說得對，你不該因為你們捕不到足夠的獵物，就來責怪我們。」

花楸掌憤怒地露出牙齒，在空中猛揮了一下前掌。「我們今晚可是輕而易舉地就把你們拿下了。」他提醒霧足。

石流跳上前。「那就讓我們見識見識，如果公平合理地戰鬥，到底誰厲害。」他挑釁道，「別老像狐狸一樣鬼鬼祟祟的！」

花楸掌直起後腿，讓月光照在他荊棘一樣鋒利的爪子上。「好啊，我正想奉陪。」他吼道，「你先出招還是我先出招？」

「停！」霧足厲聲說道：「夠了！這不是一場我們想打的仗。」

我轉身看著她，怒吼道：「如果你們不停止在斷半橋捕魚，這就是一場我們必須打的仗。」但同時，我用尾巴示意我的戰士不要輕舉妄動。

「你們應該為你們族長的食言而羞愧。」我對霧足怒吼道，「我告訴豹星，你們在斷半橋捕魚給我們造成的麻煩時，她很清楚自己同意的是什麼。我給了她合適的機會解決這個問題，但她沒有接受。」霧足的眼睛在銀光中閃動：「她選擇的是讓她的狩獵隊做他們最擅長的事：為他們的族貓狩獵。」

「那麼，我們以我們最擅長的事作為回報，那就是戰鬥。為了保護我們的族貓生存，我們會毫不留情地戰鬥到底。」我鎮靜地回答。

霧足的眼睛猶豫地閃動了一下。她和我一樣清楚，如果發動全面戰爭，她的族貓根本打不過我的戰士。「好吧，你達到目的了。」她說，「我們停止在此捕魚，你們自己去考慮怎樣來捕你們新領地上的獵物吧。」

我感覺褐皮的毛髮已經直立起來，因為她聽出了河族副族長話中隱含的侮辱。**別擔心，她不會輕易逃脫懲罰的。**「妳以為這樣就行了，是嗎？」我追問道，「妳以為這樣虛情假意地讓步，我就會放過你們了？」

霧足警惕地看看我：「你們還想要怎樣？」

「新鮮獵物。」我回答，「你們讓我們失去了許多能狩獵夜的美好日子。」

石流譏諷道：「是嗎？你以為，我們會把族貓的食物交給你們，就因為你們會躲在陰影中偷偷摸摸地行動，還在別族領地上伏擊他們？」

我搖搖頭。「不。你們會把獵物交給我們的，不然下次我們可不僅僅是在陰影中行動了。我們會把戰鬥隊帶進你們營地，把你們每個戰士的耳朵都扯爛。這樣，所有部族就都知道豹星不信守承諾了。」我用爪子刮擦著石頭地面，並轉動腳掌，讓星光照亮我鋒利的爪尖。

霧足目瞪口呆地站在那裡，僅僅眨了一下眼睛，表明她已經被我的威脅鎮住了。「我……我想，豹星會同意你的要求。」她說，「正如你所說，每個部族都應該有段和平時期，以便在新家安頓下來。」

「我們要分享你們一半的獵物。」我命令道。我知道我們已經勝利了，皮毛頓時刺麻起來，但我的聲音仍然保持著鎮定。「每天黃昏時放在斷半橋上，直到下個月半。如果我們再看到哪隻貓在這裡捕魚，我們就會在神不知鬼不覺的情況下進入你們的營地。」

霧足點點頭。「既然我們已經……解決了問題，就沒必要在大集會上提這事了，對嗎？」她聽上去好像是從牙縫裡擠出這些話的，「畢竟，這與其他部族沒有關係。」

我好不容易才沒有發出呼嚕的笑聲。真是太過癮了，為了在其他的部族面前保守豹星不守信用的祕密，河族副族長竟然向我求情。我很想拒絕，讓風族和雷族知道河族對他們剛安頓下來的新鄰居的卑劣行徑。但那只會引發更多的麻煩，而且霧足說得對，我們的新領地剛剛穩固下來，需要和平。

「很好。」我說，「給我們一半新鮮獵物，直到下個月半，我們就保證你們的耳朵不搬家。」河族副族長轉身準備離開，但我叫住了她。我需要讓她清楚地知道：影族的力量沒有被大遷移削弱，我們不欠任何部族的情，也不怕向從前的盟友宣戰。「哎，霧足，千萬別相信影子。夜色就像我的戰士身上的第二層皮毛。如果你們虧待影族，你們在黑夜中就永遠不會安全。」

河族

河族實況

族長：霧星
副族長：蘆葦鬚
巫醫：蛾翅
狩獵領地：湖和溪流
營地：一條小河中雜葉叢生的小島
獨特的戰鬥技巧：水中作戰

蘆葦鬚的歡迎詞

入侵者？銀掌，你確定嗎？啊，一星，原來是你。你在我們的領地上幹什麼？偉大的星族啊，這對寵物貓來說，可是很遠的路程啊。來吧，帶他們到岸邊來，讓他們在水裡泡泡腳掌會涼快點兒。

你們要加入風族嗎？不？那為什麼……？我明白了。你們想知道河族戰鬥力量的祕訣。其實，你們現在就站在這個祕訣裡面。

對，就是水。水為我們提供食物，帶給我們涼爽，讓我們不受狐狸、狗和好奇的兩腳獸的傷害。水還讓我們可以選擇是否迎戰，因為我們知道，只有極少數的貓敢游過我們的邊界來進攻我們。有些貓說我們太善於躲避到溪流的屏障，他們只會叫我們膽小鬼，卻不願承認我們有一種其他部族都沒有的優勢。我們就像有毛的魚一樣從河裡鑽出來，在敵貓毫無察覺的情況下悄悄溜到岸上。你們可以看看我的族貓，也許只能看到他們的皮毛光滑油亮，與寵

物貓的一樣密實。但再仔細看看，你們就會發現，他們還有強壯的腿可以划水，還有尾巴可以幫助他們在最湍急的水流中保持方向。

你們看過我們狩獵嗎？我們不用奔跑，無需潛行，也不必跳躍。但我們的反應快如閃電。魚兒在水面下剛一打盹兒，我們就把牠們撈上來了。你想體驗一下這些爪子從你脊背掠過的感覺嗎？

近身戰中，河族貓是所有部族貓中最有威懾力的，因為我們可以把敵貓按在地上，猛擊他們的肚子，直到他們求饒。如果地勢夠開闊，不打近身戰，我們就把敵貓引誘到岸邊，把他們拖下水，在水中開戰。其他貓的皮毛會很快就被浸透，變得很沉重，把他們往水下拽，我們的皮毛卻像鴨子身上的羽毛一樣不沾水。我們在水中不但不受束縛，反而更顯自由，可以一直保持輕盈敏捷。

當湖水和我們並肩作戰時，沒有任何敵貓有機會贏得勝利。因此，如果其他的部族說我們是驕傲、懶惰的貓，只有捕食的時候才會伸出爪子，你們可千萬別相信。他們害怕我們，因為我們有水這個同盟還因為在森林和湖區生活的這些部族中，我們是唯一沒有違背過自己意願的部族。小寵物貓們，這才是力量。

特別的戰鬥技巧

急掌濺潑

「河族捕魚！河族游水！河族戰士以水制勝！」那隊見習生停止呼喊，並在河岸上停下腳步，將爪子深深插進柔軟的褐色泥土中。霧星自豪地看著他們。她以前也訓練過見習生，但成為河族族長後，她感覺和這些小貓更親近了，因為未來捕魚、游水、保衛後代的，將是他們。

「下水！」她喊道。四個見習生爬下河岸，步入輕輕流淌的河水中。

「喔！好冷喔！」急掌嗚咽道，試圖墊起腳尖，讓她的奶油色腹毛保持乾燥。

她的同窩手足糾掌諷刺說：「別像隻膽小的老鼠一樣，只要過一會兒，妳就不會感覺冷了。」

「說得容易。」急掌咕噥道，「我的腿比你還短，你都濕到膝蓋了。」

霧星抽抽尾巴：「急掌，你想跑上前去，告訴敵貓我們將在何時何地進攻嗎？也許你還想請他們先發起進攻？」

急掌把頭歪向一邊：「那有什麼意義嗎？我記得妳說過，我們今天學偷襲？」

「那正是她想教我們的，鼠腦袋。」刺掌恨恨地說，他脊背上的深灰色皮毛直立起來，「但妳卻一直在那裡大驚小怪，恐怕從這裡到山地的每一隻貓都知道我們的位置了！」

急掌低頭看著水面，垂下耳朵：「喔，對不起。」

霧星努力不讓自己的聲音聽上去有打趣的意味。「謝謝你提醒我們，刺掌。」她大聲說道，「今天，我們假裝這條河就是湖，對岸就是其他部族的邊界。所有的領地都向河邊慢慢傾斜，但你們幾乎不會看到巡邏隊，因為其他部族認為，沒有誰會從水邊進入他們的領地。為什麼這對我們是優勢呢？」

「河族捕魚！河族游水！河族戰士以水制勝！」小貓們高聲回答。

「完全正確。現在，你們跟著我，一定只能讓耳朵、眼睛和鼻子露在水面上。」霧星跳下河岸，滑入水中。河水讓她的皮毛平服下來，她輕輕地漂浮起來，很冷，很舒服。她讓自己沉下去，直到只剩鼻在外面，頭向後仰，保持眼睛和耳朵露在水面上。她後掌一蹬，往前划去，讓水流把她衝到河中央，然後用舒緩、優雅的划水動作向對岸游去。

見習生們紛紛跟在她後面。霧星扭過頭來，看到刺掌沉得太低，只能看到他的鼻子尖了。但願他能看見自己正往哪裡游。急掌和糾掌的同窩手足鴨掌在水中浮得更高一些，但她游得很穩，沒有濺起多大的水花。

糾掌看起來好像游得更吃力，霧星猜測，也許是因為他那身長毛的緣故。河族貓需要在一定的成長期之後，才能讓自己的毛髮變得夠光滑，像鴨子的羽毛一樣不沾水。如果糾掌的毛髮被浸透，他可能會變得沉重。後面的急掌在瘋狂地划水，努力不落後。她的腿在水面下，但霧星可以想像得到她正在掙扎，因為她的頭不停地向兩邊搖晃，舌頭伸出來，吃力地喘氣。

小河在樹根密布的兩岸之間蜿蜒，然後流經一片寬闊的沙灘，匯入湖中。霧星用尾巴控制方向，向沙灘邊游去，腳掌剛一踩到河底，她便彎曲四肢，以蹲伏姿勢在水中靜靜地滑步向前。

「跟緊！」她回頭喊道，「我不想聽到你們任何一個離開小河、被衝到湖裡！」走上沙灘時，她停下腳步，面向陸地，聽著見習生們的動靜，輕微的水滴聲讓她知道，一隻貓上岸了。這很好。邊界巡邏隊不會注意到這點動靜。接著，沙地上響起更重的腳步聲，代表糾

掌上岸了，正好掩蓋住鴨掌的聲音。現在，他們在等急掌。

「哎喲！」

這聲壓抑的嚎叫之後，緊跟著是一陣潑濺聲。霧星轉過身，看到急掌已經消失在水下，又立即重新冒出來，用前掌猛擊水面，把河水打得啪嗞作響。

「我的腳趾撞到石頭了！」她哀號道。

刺掌捲起尾巴，糾掌翻著白眼說：「急掌，妳真的無藥可救了！」

急掌跌跌撞撞地從水裡爬出來，站在沙灘上，仰起頭，怒視著手足。「我不是無藥可救！我只是比你小許多！」

「如果妳那麼小，為什麼不待在育兒室裡？」鴨掌說，「妳把一切都搞砸了！」

急掌的尾巴像一根潮濕的鳳尾蕨一樣垂下來。霧星走上前去，「不管怎樣，我反正都要讓你們重新練一次的。」她不想讓急掌因為搞砸了他們的第一次出水行動，而與見習生們互生矛盾。但是，霧星已經開始懷疑這個個子太小的見習生。河族貓本來也不以長腿著稱，但急掌比大多數見習生還要更矮一些。而且，她對訓練的態度，好像也沒其他見習生那樣認真。她真的應該回到育兒室去再待上幾個月，等到更成熟一些再參加訓練嗎？

見習生們重新走回小河中，向河心游去。「我來假裝是敵軍的戰鬥隊。」霧星喊道，「看看你們是否能在上游突襲我。」她快步走過河灘，鑽進岸上的灌木中。水中，糾掌充當起隊長來：「我們游到她前頭去，伏擊她。」

「柳樹那邊的河岸是斜的。」鴨掌說，「我們可以從那裡爬出去。」

「好。但不要游得太快。」急掌嘟囔道。

刺掌腳底一蹬，游離河岸，還建議說：「也許，妳應該留在這裡擔任警戒，萬一她回來了呢？」

急掌用前掌向他潑水：「你們不能把我留在這裡。我會盡力不落後的，好嗎？」

「呃，我想，我們是不是應該悄無聲息地游過去？」糾掌回頭提醒大家。語畢，他率先向前游去，帶領大家游過一個河灣，向柳樹靠近。他沒在河岸上的灌木中發現霧星的身影，耳朵裡的水聲讓他聽不到任何其他的聲音，除了頭頂上空最響的鳥叫聲。因此，他只能寄望於霧星藏在蘆葦深處。

見習生們不知道已經游了多遠。他們從低垂的柳枝下游過，一條狹窄的鵝卵石河灘出現在他們面前。糾掌偷偷向銀綠色的蘆葦中看去，並小心翼翼地把腳掌踩到河底上。這裡的石頭更大，他踩了幾下才站穩腳跟。

鴨掌、刺掌和急掌跟著游過來。他們現在被一片淡綠色包圍著。水面上光影斑駁。他們躲在柳樹樹幹後面，這樣其他貓從河岸上就看不見他們，這是一個伏擊的好地方。下游突然響起一陣微弱的劈啪聲，表明霧星過來了。

「做好準備。」糾掌悄悄地說，「記住，我們出水時不能發出任何聲響。」糾掌慢慢向前走，每一步都是一隻腳掌踩穩之後，再抬起另一隻腳。刺掌、鴨掌和急掌緊跟在他後面，從樹枝間向河灘靠近。糾掌用眼角的餘光瞥見一個淺灰色身影閃到柳樹後面。霧星愈來愈近了。

「快！」他壓低聲音說道，並弓起身子，鑽出水面，但腹毛一直擦著水面，直到毛髮上的大多數水悄無聲息地流到河中。刺掌跟著鑽出來，然後是鴨掌，但這隻母貓的動作太快，掀起了一道小波浪，不偏不倚地正好打在急掌的口鼻上。

「哎呀！」急掌慌亂地叫起來。

糾掌頓時僵住了。柳樹樹幹後面，一個影子停止移動。霧星也聽到了那個聲音。她知道他們在這裡。訓練失敗！

急掌在糾掌身後小心翼翼地邁出另一步，彷彿不知道任務已經結束。她的腳底踩到水下一塊光滑的石頭上，身體向前撲去。為了保持平衡，她急速抽動著尾巴，在空中濺出一道閃亮的拱狀水珠簾，水滴落入下游的水中。

糾掌正想責怪急掌，說她是有史以來所有部族中最愚笨的貓。突然，他意識到，柳樹後面的影子已經轉向。他看到，兩隻尖耳朵的影子轉向了另一個方向——水滴滴落的方向。潑濺的水滴居然迷惑了霧星，讓她以為見習生們還在下游！

「快！」糾掌低聲喊道，從水裡跳出來，兩步衝過石頭河灘，向樹後斑駁的身影撲去。霧星猛地轉身，目瞪口呆。她還沒機會說話，四隻見習生已經撲了上來，把她攀倒在地，當然他們都沒伸出爪子。

「抓住妳了！」鴨掌得意洋洋地宣布道。

「我們的測試過關了嗎？」糾掌問道。

霧星把口鼻從刺掌的尾巴下抽出來，喘著大氣說：「過關了！你們通過了！現在，趕快從我身上離開！」

「喔，對不起。」糾掌急忙跳起來，讓族長能夠站起來抖抖皮毛。

「你們都在嗎？」霧星問道，伸長脖子數貓數，「是誰往下游濺出那些水珠的？」

急掌低下頭，小聲地說：「是我。我不小心失去平衡，尾巴濺了些水起來。」

霧星盯著她：「那個動作真是太妙了！在下游弄出聲響，讓我誤以為還在完全不同的地方。」

糾掌點點頭：「我從妳的影子看出妳掉轉方向了，然後才意識到可以出其不意地抓到你。」

「糾掌，你觀察得很仔細。」霧星稱讚道，「現在，急掌，妳能向我們示範一下妳究竟是怎樣做的嗎？」

急掌眨眨眼睛：「妳的意思是說，我沒做錯事？」

「比那更好。」霧星告訴她，「妳為水戰發明了一個全新的技巧！我想，我們可以稱之為急掌潑濺！」

特別的戰鬥技巧

河族戰士接受各種標準的戰鬥訓練，但也發展了獨特的水戰技巧，因為他們天生不怕水而比其他族有更強大的優勢。水戰技巧是河族的祕密武器，因此練習技巧時需要在隱蔽的地方進行，例如領地中的溪流中，而不會在湖邊。

前掌拍擊：往敵貓的臉上潑水。

水下掃腿（前腿或後腿）：這動作是在水面下進行，所以敵貓會因看不見這動作而失去防禦機會，而身體失去平衡。

拖入水中：河族以外任何一族的貓被拖入水中時都會驚慌，而河族貓卻知道如何閉氣，這個動作是決勝負的動作，可以克敵制勝。

反覆下壓：利用自身身體重量將敵貓強壓在水面下，同時緊抱敵貓，若對方意圖抬起頭來，則可以強行將他的頭重按回水中。

尾巴潑濺：用尾巴掃潑水面，濺起的水花可以使敵貓暫時看不見。

水下突襲：以蹲伏的動作突然從水面冒出，撲向敵貓，出奇不意地扳倒對手。

急掌濺潑：在遠處潑灑水花，利用落水的聲響欺騙敵貓自身的位置，製造突襲的機會。

霰星的話：
失去的小貓

「偉大的星族啊，如果我即將做的事情是錯誤的，那麼就給我傳遞一個訊息吧，小貓們就會留在原處了。」我仰起頭，凝視著繁星點點的天空。

銀帶像霜白色的雲朵掛在天空正中，這是一條我們的祖靈組成的通道，通往星族古老的狩獵地。一切靜止不動。星族已經用沉默向我傳遞了訊息：任務可以繼續。

我深吸一口氣。剛成為河族族長時我就知道，自己將會面臨各種挑戰。但今天這個挑戰卻是我從來不曾預料到的。為了我的部族，我不能失敗。

我走過蘆葦叢，來到戰士巢穴。呼吸聲在冷冷的空氣中清晰可聞。伴隨著沉睡貓兒的氣味。知道我即將要求他們做的事之後，他們能繼續睡得如此安寧嗎？

「木毛？」我在巢穴入口處悄悄喊道。

一個黑影在地面上動了一下，木毛的頭伸

出來：「霰星！怎麼了。」

「叫醒波爪、鴞毛和獺潑。」我命令道，「在營地外與我會合。」這隻碩大的棕色虎斑公貓眨眨眼睛。然後，他的腦袋消失了。我悄悄地走出營地，坐在蘆葦之間狹窄的小路上。我可以聽見河水的流動聲；這是耳語還是警告？戰士們出現了，個個都在搖腦袋，伸懶腰，想擺脫睡意。獺潑看起來很焦急，薑黃皮毛上的白色斑點像雪一樣閃著光。

「我想讓你們和我一起去風族。我們去把憩尾的小貓帶回來。」四雙眼睛都不相信地盯著我。鴞毛最先說話：「但……但你同意過蘆葦羽可以在風族把他們養大的。」

獺潑用力點頭：「你說過他有同等的撫養權，因為他是小貓們的父親。而且，在這個禿葉季節，河族需要食物的貓已經夠多了。」

我眼前出現了風族副族長滿意地把女兒們帶出河族營地時的情景。憩尾留在育兒室裡，沒有看到那一幕。她知道，愛上風族戰士已經違背了戰士守則，生下小貓之後，我還允許她留在河族，她已經很幸運了。河族沒有混血貓的位置。我要的是毋庸置疑的忠誠——我受之無愧，因為我是他們的族長。

但在過去的一個月裡，我看到憩尾正慢慢受著煎熬，為她失去的小貓憂傷得快要死掉。對她來說，這種懲罰太沉重了。

「風族會預料到的。」波爪打斷我的沉思，警告說，「石楠星在大集會上宣布過，他們已經將邊界巡邏增加了一倍。」

「但懸崖邊沒有巡邏隊。」我回答，「過去三個晚上，我一直在觀察。如果我們從河谷靠近他們，就能在不被巡邏隊發現的情況下到達他們的營地。」

「然後，我們用武力奪走小貓？」木毛說道。

我直視著他，眼睛都沒眨一下：「你以為，我們禮貌地請求他，蘆葦羽就會把他們還回來嗎？」

木毛把頭轉開了，但臉色十分陰沉。我沒給自己時間去想這是否在考驗戰士們的忠誠極限。「跟我走。」我命令道。

我們默默走到領地的另一邊，那裡是河水從河谷中流出來的地方，有一座木橋可以過河，再往上游的河道夾在高聳的山崖之間，河水湍急瘋狂泛起泡沫。而到了那裡，河水靜靜地流淌著，彷彿疲憊不堪，河面延展到好幾隻狐狸身長的寬度。河岸那邊的石壁底部有一條小路，就在水面上方一點。如果我們能從那裡爬上懸崖，就能順著無貓看守的邊界進入風族領地。

過河的時候，木毛走到我旁邊問道：「你告訴過憩尾我們要做什麼嗎？」

我搖搖頭，「我們成功的時候，她自然就知道了。」

往懸崖頂上攀爬比我們想像的更難。身上厚厚的皮毛總是把我們向下拽。木毛還踩空一腳，慌亂中把爪子刮傷了。要不是獺潑從下面推了他一把，他早已一路跌到懸崖底，墜入從嶙峋的石頭上奔騰而過的河水中。

最後，我們終於翻過石頭崖壁，個個氣喘吁吁。我們趴在地上仔細傾聽。波爪抬起頭，張嘴聞了聞空氣，報告說：「沒有任何巡邏隊的氣味。」微風正從森林中不急不緩地吹過來，這對我們有利，可以給我們帶來那個方向的風族貓的氣息。

「營地在哪邊？」獺潑問道。

我回憶著上次來的情景，那次是應石楠星的邀請來做客。「我想，應該是在高沼地中間。是一個凹下去的大坑。向它走近的時候，你看不到它，因為四周有一圈荊豆叢。」

木毛大聲呼了一口氣：「這麼說來，我們是要在高沼地上找……一些荊豆叢。」

「我從來沒說過這是一件容易的事。」我告訴他。

棕色公貓很憤怒地瞪了我一眼，「我也沒期望過會很容易，我是戰士，和你一樣。我們走吧。」他大步從懸崖邊走開，向夜空下的高沼地的陰影中走去。

我們排成一行跟在他後面，鴞毛走在最後。獺潑的白色斑點在星光下泛著光。一時間，我突然懷疑帶她來是否明智。風族貓和其他部族貓不同，他們是靠眼力狩獵的。他們可以由一絲微弱的動作跡象判斷出有兔子在逃命。他們的巡邏隊尋找入侵者時，不僅傾聽動靜，也嗅聞空氣。但我們現在已經位於高沼地深處，不可能從這裡把獺潑打發回去。再者，我們可能還需要她。

突然，木毛僵住了。「巡邏隊，就在前面！」他壓低聲音說道。

我們急忙伏倒在草上，感覺自己像乾涸河床上的石頭一樣暴露無遺。一小群風族貓——最多不過三四隻——緊接著在一個小山丘上出現了。然後，他們又消失了，因為地面傾斜著向下延伸，直達森林。

「他們沒看到我們。」波爪鬆了一口氣，「我們繼續前進。」

我聽到獺潑在我身後大吸了口氣，緊張地吞口水：「這裡的氣味更濃。我們一定離營地很近了。」我朝黑暗中望去，試圖找出那圈荊豆叢在哪裡。

天上的月亮只是一個月牙，星星的光芒也很微弱，因此灌木和大石頭的影子看起來差不多，都是黑森森的高沼地上的團團影斑。但我看到，有一排灌木的陰影看起來比其他陰影更濃。它們後面可能就是營地嗎？

「那邊。」我壓低聲音說道。

我們開始向前走時，波爪問：「到達營地後，你想讓我們怎麼做？」

「你和木毛對付守衛，我們去找育兒室。獺潑和鴞毛，你們倆把貓后們控制住，我帶小貓出來。鴞毛，等我一把他們帶到外面，你就叼起一隻小貓，我們得拚命跑，但別走懸崖那邊。我們不能帶著小貓走那條路。」

「我們五個對上他們整支部族？」鴞毛打趣地說，「那我們必須要有好運氣了。」

「我們自己創造運氣。」我冷冷地告訴他。

我們向荊豆叢靠近。風族的刺鼻氣味愈來愈濃了。我鑽過屏障，站在凹地邊上，低頭看著營地。一叢叢灌木遮擋著地面上的一個個凹處，那些一定就是他們通風良好的巢穴了。那邊有一棵山楂樹，低矮的樹枝環抱著一個巢穴，可以聽見極為微弱的叫聲和沙沙聲從那裡傳出來。

「那一定就是育兒室。」我低聲說道，並向那棵山楂樹點點頭。兩隻貓出現在凹地邊上。

木毛蠕動著嘴唇，悄聲說：「守衛。」他用詢問的目光看著我，「你想讓我們在什麼程度上使用武力？」

我知道他為什麼問這個。我不想讓我的戰士違背戰士守則，他們已經夠為難了，但我想把這些小貓帶回他們所屬的地方，「見好就收。」

木毛點點頭。守衛正向我們走來，但還沒看到我們。木毛和波爪轉身消失在荊豆叢中。過了一會兒，他們從巡邏貓後面溜出來。兩隻貓配合得默契完美，幾乎同時跳起來，分別落到兩個守衛背上，然後滾入荊豆叢中。任何叫聲都被迅速地掩蓋下去。荊豆叢顫動了一會兒，然後一切回歸寂靜。我能想像到那情景：我的戰士重重地騎在風族貓身上，不准他們發出半點聲音。

我抬起尾巴，向族貓發出信號，然後衝下凹地，穿過空地，向那棵山楂樹衝去。

「站住！誰在那裡？」

身後突然響起一聲吼叫。我們被發現了。我向鴉毛和獺潑點點頭，他們鑽進山楂樹枝中。裡面的貓后們立即尖叫起來，想奮力保護小貓。我跳轉身，迎戰引發慌亂的貓。原來是曙紋。星光下，她淡金色的皮毛和奶油色條紋幾乎融為一體。

「霰星！」她失聲驚叫道，「你在幹什麼？」

更多的貓從凹地各處的巢穴中出來了。他們不可能聽我解釋。我猛地轉過身，擠進育兒室。裡面一團漆黑，空氣很悶，氣味很濃。「獺潑？鴞毛？」我壓低聲音喊道。

「在這裡。」鴞毛從遠處的角落裡回答。他的聲音不清晰，彷彿嘴巴裡叼著毛團：「小貓們在我這邊。」

我聽到了腳掌刮擦泥土地面的聲音。「快放開。」那個貓后罵道，「那些是風族小貓！」

「現在不是了。」我低聲吼道。我用鼻子嗅著地面，小心翼翼地邁步向前，生怕踩到任何一隻小毛球。我找到憩尾的女兒了。當然，她們比我上次看到時更大了，但身上仍然有憩尾的氣味。小傢伙們柔軟的皮毛也讓我想起了她的溫柔。「小灰？小柳？該回家了。」

我叼起其中一隻。小傢伙發出一聲尖叫。

角落那邊響起一聲怒吼：「快把她放下，不然你會後悔的。」

獺潑的腳掌重重地落在那個貓后的耳朵上：「這些小貓是我們的，妳知道這一點。」我無法回答，因為我嘴裡叼著一隻小貓。我用兩隻前掌把另一隻小貓拖在肚子下方，往巢穴另一邊退去。樹叢從我的皮毛上擦過。然後，一陣寒意從我腰腹部拂過。我轉過身，發現一排戰士正站在我面前。石楠星站在中間，目光凶猛。

「你不能偷我們的小貓！」我把小貓放到地上，但仍然不清楚哪隻是誰。我迎視著風族族長的目光：「她們也是河族的。孩子們屬於她們的母親。」

「她們是憩尾的小貓，也是我的。」一隻淺褐色虎斑貓站到石楠星旁邊，是蘆葦羽，

「你說過，我們可以擁有她們。」

「是我的錯。」我咬牙切齒地說出這幾個字，彷彿他們是荊棘，刺痛了我的喉嚨，「我改變主意了。」

「你不能這樣做！」石楠星嘶喊道。

這時，我身後有了動靜。獺潑和鴞毛從育兒室出來了。「他能。」鴞毛輕聲說道，「我們就是來這裡幫助他的。」

「實際上，我們有五隻貓。而且我可以說，此刻，優勢在我們這邊。」每一隻貓，包括我在內，都轉過頭仰望著凹地頂上。波爪和木毛正站在那裡，亮閃閃的爪子掐在風族守衛的喉嚨上。「讓我們的族貓走，不然的話，這兩隻貓的血就會灑落在你們這個貧瘠的家園中。」木毛繼續說道。守衛貓的眼睛已經瘋狂地鼓出來。

石楠星退後一步。當我們目光相遇時，我看出她既迷惑不解又有點難過。「威脅、殺戮，霰星，這可不是我們的戰鬥方式。」

「總是有迫不得已的時候。」我狠狠地回答。我再次叼起那隻小貓，獺潑抓起另外一隻，鴞毛走在一旁。我們帶著小貓從默不作聲的風族戰士身邊走過，爬上斜坡。

我們爬上去之後，木毛和波爪才放開兩個守衛。那兩隻骨瘦如柴的貓朝他們的族貓滾下去時，我們鑽過荊豆叢朝邊界跑去。

身後響起雷鳴般的腳步聲。我們知道，風族貓追來了。我並不吃驚。換作是我，同樣也會這樣做。

「再快點！」波爪喘著大氣說道。

腳下黑乎乎的地面模糊不清，小貓不停地撞到我的腿上，哀號著。我試圖仰起頭，把她叼高一點兒，但她簡直和成年貓一樣重。我每走一步，她都顯得愈來愈沉重。鴞毛試圖幫我，但我們無法保持步伐一致，結果被對方絆倒在地。小貓被甩入空中。木毛一口叼起她。我們繼續向前衝。身後，天空變得更亮了。前方，我們已能看到森林邊緣，然後是一片灰色空間，地面向下傾斜，直到河邊。

「走那邊！」我尖聲喊道，並突然轉向。

前方的地面開始傾斜，我們加快了腳步。但是比起我們，風族戰士之前沒有費力爬過懸崖，此刻也沒帶著小貓。我能感覺到，他們已經追上來了，我尾巴上的毛都被他們的氣息吹動起來。當他們之中的一隻追上前來，在我腹部猛抓一把時，我感覺到一陣刺痛。我扭身擺脫那隻貓，繼續狂奔，沒有回頭。

「跳到河裡！」我對族貓喊道

獺潑咬住木毛嘴裡那隻小貓的一團皮毛，鴞毛幫助波爪叼他那一隻。戰士們並肩向水邊衝去，步伐笨拙。我放慢腳步，讓自己成為追捕者們容易捕獲的目標。突然，我被絆倒了，倒在一塊岩石上，肋骨一陣劇痛。蘆葦羽正虎視眈眈地站在我上方，齜牙咧嘴道：「你不能偷我們的小貓！」

我抬頭看著他，不知道自己是否即將失去一條命。「可我們已經偷到了！」我毫不示弱。蘆葦羽抬起腳掌，正準備攻擊我，突然聽到前面傳來一聲尖叫：「他們已經快到河邊了！」他放下腳掌，從我身邊跳開。「攔住他們！」他命令道。

我顫抖著叫了一聲，旋即轉身，吃力地撐起身子，看到我的戰士們已經站在齊膝深的水中，面對著風族貓。小貓們被放到他們身後露出水面的石頭上。我顧不上腰部的劇痛，衝過草地，從背後跳到蘆葦羽的身上，將他撲到河裡。

冰冷的河水立即漫上來，把我們緊緊包圍。我仰起頭，深吸一口氣，然後使出全身力氣，將前掌按下去。蘆葦羽在我掌下奮力掙扎，水面上冒出一串小泡泡。我伸出爪子，直到感覺它們插入他薄薄的皮毛中。讓他感受一下被淹的同時也流血的滋味吧。

在我四周，我的戰士們正在與風族貓一戰。鴞毛一隻腳掌一掃，掀起一道波浪，直接打中敵軍的一隻眼睛。獺潑潛入水中，從另一個風族戰士的肚子下冒出來，將他頂入水中。

同時，木毛和波爪已經到河區岸邊，把她們放在河灘上。鴞毛正站在我旁邊，眼睛驚恐地瞪著。我低頭看去，發現蘆葦羽的眼睛已經開始閉上了。他的身體在我爪下變得愈來愈重，水面上的泡泡逐漸消失。

「你快把他殺死了！」鴞毛嘶喊道。我嚇得急忙縮回爪子，退後一步。蘆葦羽的身體在水流中扭動著，漸漸沉入河底。鴞毛把我推開，低下頭，把風族副族長從水裡叼起來。「幫我把他弄上去！」他嘴裡叼著濕透的皮毛嘟囔道。

我抓住蘆葦羽尾巴根上鬆弛的皮毛，把他拖到沙地上。風族副族長躺在那裡，一動不動。鴞毛開始按壓摩擦他的胸脯。我身後，其他風族戰士站在那裡，已經嚇得目瞪口呆。

他們知道，在這場戰鬥中，他們已經失敗。現在，他們祈願蘆葦羽能贏得這場生死線上的戰鬥。

突然，蘆葦羽在鴞毛掌下動了起來，咳出幾口黏黏的水。然後，他翻過身，用力咳嗽著。

「他現在沒事了。」鴞毛說道。

「但不是因為你的幫助！」一個風族戰士走上前來，怒吼道。他向河那邊看去，看到木毛和波爪正在舔舐小貓。「但願她們值得你們這麼做。」

我跟隨他的目光，想到了憩尾：「她們值得。」

後來，就在灰掌的姐姐柳掌準備接受戰士名號之前，憩尾要求私下和我談談。

「我想讓她被命名為柳風。」她說，「灰掌被命名為灰潭。這樣我將永遠知道，我的女兒們具有風和水的力量。」

我看著她那張柔和的棕色臉龐。她的藍眼睛正認真地凝視著我。我知道她對蘆葦羽的愛從沒停止過，一刻也沒有。儘管我帶回了她的小貓，但她的心有一部分永遠在那高沼地上，與那裡的風和兔子在一起。

風族

風族實況

族長：一星
副族長：灰足
巫醫：隼翔
狩獵領地：湖和溪流
營地：一條小河中雜葉叢生的小島
獨特的戰鬥技巧：水中作戰

灰足的歡迎詞

一星，歡迎回來。真高興看到你帶出去的同伴們還完好無損。他們現在知道三種不同的戰鬥了：森林戰、水戰和夜戰。但是，他們還需要瞭解風族的力量所在。

儘管我們的領地最荒蕪、最開闊，無處可躲避入侵者，而且邊界暴露在曠野中，和風一樣脆弱，但正是這種獨屬風族的力量，讓我們生存了下來。

寵物貓們，到我們的營地裡來吧。對，現在，在這裡的陰涼處坐下，隨便吃點新鮮獵物吧。這裡有許多貓可以跟你們說說過去的戰鬥故事。

看到那隻深灰色虎斑貓了嗎？那是網足，我們部族裡最棒的說故事者。要想聽他說話，你們必須從一群小貓中間擠過去！

你們在這裡沒什麼可以害怕的。風族不像其他部族，在黑莓叢或陰影中，甚至在水裡偷偷摸摸地行動。風族貓無處可藏。我們在開闊地上生活，也在開闊地裡戰鬥。兩排貓在空地上正面相對，這肯定是最高尚的戰鬥方式。

兩邊都做好了同樣的準備，但只有一個部族可以勝利，因為他們掌握著更強的力量。失敗者只能舔著傷口，接受戰敗的事實。這次，他們是因為缺乏力量、技巧或勇氣而敗。

是的，其他部族滿足於在灌木或泥沼中取勝，但正如偉大的風族戰略家「智者灰翅」說的那樣，只有公開的戰鬥才能冠以正義之名。

特別的戰鬥技巧

在很久很久以前，在「星」還沒有成為族長的名號時，智者灰翅是風族族長。由於他研究出許多戰術，所以被稱為歷史上「最偉大的族長」。灰翅意識到，不管在什麼樣的戰況下，戰士們戰鬥前的定位和戰鬥中的位置，是首要成功的關鍵，而這比力量、技巧、勇氣等等還要重要。他利用小石頭和小樹枝在巢穴地面標記位置，為每一種可能遇到的戰鬥情況模擬戰術，甚至包含在風族開闊的高沼地戰鬥，即使沒有天然的躲避處或陷阱可利用，也能致勝的技巧。

1. **置高逼近**

位在敵貓上方占領置高點，除了自己可以更快逼近敵貓，敵貓為了作戰必然要向上爬，因此而削弱了力量。

2. **陽光高照**

讓太陽光從自身身後照射而出，使敵貓眼花，看不清楚進攻者的所在方向。

3. **風從何處**

讓風從你背後朝敵貓吹去，塵土風沙會吹入他們的眼睛，使之暫時失明。出奇致勝的另一個方式，是讓風向朝敵方位置吹來，使敵貓聞不到你的氣味。

4. 暗藏兵力

如果雙方交戰距離較遠，則己方戰友的數量就不要曝露，藉此迷惑敵貓。若戰友緊緊相靠，也能激起敵貓盲目自信，做出欠佳的戰略決定。相反的，戰友依次散開，彷彿形成一道牢固的防衛線，則會讓敵貓沒有自信衝破防衛線。

5. 雙側攻擊

如果敵方隊伍的雙側都被打倒了，那麼敵方隊伍中央就不得不向兩側增援。即使你們的數量比他們還少，也能從側翼包夾他們，而有助戰力。

6. 預備後援

在戰線後要保留一些身強體壯的戰士作為後援，他們可以替代受傷的戰士。如果敵方試圖包圍我方，他們還可以單打獨鬥，襲擊敵貓。如果戰鬥情況有利，還可抄到敵貓後方包圍夾擊，使敵貓盡速投降。

7. 伺機伏擊

嚎叫衝向敵貓後再迅速轉身撤退，讓敵貓追趕而上，接著其他躲藏的戰士趁敵貓跑過後再趁機攻擊。當敵貓被伏擊時，原本假意撤退的戰友再回頭衝向敵貓。敵貓被前後包夾，定會快速投降。

網足的話：
迷路地道伏擊貓的故事

好吧，講個故事，然後你們都得去睡覺。過來，坐好。夜幕正在降臨，營地慢慢地被陰影籠罩，我跟你們說個故事，這個故事和一個遙遠的祖先有關。

他是一隻年輕的地道伏擊貓，叫兔尾，生活在部族時代早期。那時，兩腳獸還沒有建起那條把影族和風族隔離開來的轟雷路，光禿禿的山坡上也只有幾個清晰的領地標記，但他們仍然一直在爭吵，老是為邊界應該在哪裡的問題發生爭執。最後，在又一個影族巡邏隊無視風族邊界標記之後，兩個大部族終於在高沼地上爪牙相向，打了一場決定性的戰鬥。金雀星，當時的風族族長，向族貓發出信號，示意他們使用「假裝撤退，伺機伏擊」的戰略，打敗那些吃鴉食的敵貓。

兔尾是隻淺灰色的貓，白色尾巴短小得像兔尾巴。他當時是地道伏擊貓之一，爬進一個地洞中埋伏起來，準備等敵貓從他頭頂跑過時，出來襲擊他們。他以為，如果順著地道往前鑽，就能從敵貓的另一邊鑽出來，然後從背後襲擊他們，同時，他的族貓在敵貓中部打響伏擊戰。兔尾往前鑽的時候，聽到風族戰士開始衝鋒，然後又從頭頂上撤退。他們的腳步聲在地下迴盪，雷鳴般響亮。但影族貓固守陣地，沒有理會風族貓對他們的戲弄。兔尾一直往前走，徑直走到影族戰士行列的下方。突然間，他頭頂的地面再次顫動起來！

敵貓終於上鉤了，撤退的風族貓追去。兔尾扭動身子，在狹窄漆黑的地道住前走，尋找一個可以通向地面的出口。但他以前從未鑽到這麼深的地方，頭頂雷鳴般的腳步聲也讓他不知所措。

結果，他發現自己一直在繞圈子。兔尾迷路了。他強迫自己在冷颼颼、空蕩蕩的黑暗中站定下來，等著自己恢復意識，弄明白

該走哪條路。兔尾猜想，他可能已經鑽到遠離戰場的地方，只希望自己是唯一在山坡地道中迷路的戰士。然後，他感覺到一股冷風吹過腹部，還帶來一股微弱的兔子氣味。如果只是一股風，這說明不了什麼問題，最多意味著有一條長長的、陡峭的、難以攀爬的通風道通往地下深處。但如果風中還有兔子氣味，那就意味著他離地面不遠了。他默默順著來路往回走，每走幾步便嗅嗅空氣。在吹到臉上的微風的引領下，他順著一條小地道往前走。漆黑漸漸變成灰暗。他就要找到出口了！

突然，後面傳來刮擦聲，一聲震耳欲聾的犬吠在岩壁間響起。地道裡有條狗！兔尾回頭看去，看到棕色和白色相間的皮毛，尖尖的口鼻，還有一雙閃亮的黑眼睛。他用力一蹬後腿，狂奔而去。地道彎來扭去，他摸索著轉換方向的時候一次次跌倒在地。他能感覺到，那條狗溫熱的惡臭氣息已經噴到他的腰臀上，流出垂涎的口水已經濺到他的背上。但前方灰暗的光已經愈來愈亮了，他邁動疲憊的腳掌，加快步伐將身子往前拖動。

天空突然出現在眼前，兔尾從地道口爬出來，跳向地面。

但他卻沒落到熟悉的多刺硬草上。相反，他落入一張棕色軟網裡，懸在半空中。那網上有股濃烈的兩腳獸和兔子氣味。一張粉紅色的無毛臉出現在他旁邊。那傢伙的叫聲太大，嚇得兔尾直往那張網裡縮。但他的後掌已經從網眼中滑了過去。他就那樣懸在那兒，肚子緊貼在網上，頭難受地扭向一邊。他驚恐地看到，他身後有一堆死兔子，脖子都是斷的。這可不是什麼美味的新鮮獵物堆。兩腳獸一定是讓牠的狗把兔子追進這種網，然後殺死牠們的。

但兔尾不是甘於認命的貓。他滾向一側，扭動腳掌，把它們從腿中抽出來。然後，他用爪子去抓那些粗糙的棕色藤狀物，用力撕扯。一根爪子被撕掉，鮮血流了出來，刺激得下面地上的狗瘋狂地繞圈子。兩腳獸咆哮起來，用力搖動著那張網。但兔尾用爪子緊緊抓住網眼，奮力拖拽，感覺到網開始鬆動。他又使出渾身力氣，用後腿奮力向下蹬。腳下的網終於開始破裂。他掉落在草上。

那條狗撲了過來。但兔尾已經跳起來衝過草地，他身在高沼地的另一邊，遠離營地。但下一座小山那邊就有一條深溝，他可以沿著那條小溝繞過小山，徑直走到巢穴四周的荊豆灌木下。

那條狗追了他很久。兔尾邊跑邊想是否應該找個洞藏起來，但又怕再次迷路。再者，正如他已經發現的那樣，那條狗體型很

小，可以跟著他追進洞裡。

正當他以為自己的腿就要疲憊得邁不動步時，那隻兩腳獸又嚎叫一聲。兔尾聽到那條狗打著滑在他身後停下來，然後不情願地哀鳴回應，轉身向兩腳獸小跑回去。

鼠腦袋、狐狸心、沒用的狗！兔尾一邊想，一邊爬上小山頂，然後下到深溝裡。他積聚起四隻腳掌的全部力氣，全速向營地跑去。他心想：**指望著兩腳獸讓你分享新鮮獵物吧，因為你笨得沒法自己捕到獵物。**

嗯，我想，這就差不多了。你們都該睡覺了！明天醒來的時候，練練那些戰鬥技巧。正如這個故事證明的一樣，在和平的時候，我們的戰鬥技巧同樣能為我們所用，使我們有力量和智慧戰勝兩腳獸和狗，以及其他笨得不懂對手技巧的傢伙。

兔尾從不放棄。甚至被狗堵在無貓救援的地方時，他也沒有失去勇氣。無論在地面上還是在地道中，風族貓都不會像其他部族以為的那樣輕易放棄。從來沒有任何部族能在與風族的戰鬥中輕易獲勝，將來也不會有。

石楠尾的話：
消失的地道伏擊技巧

在舊森林的領地、風族的高沼地上幾乎到處都有地道和洞穴，那些黑乎乎的洞孔，有些是動物挖鑿的，其他的則是地下河從石頭和沙地中間流過時留下的。但其他部族並不知道這一點。

第一批在那裡定居的貓很快就意識到，那些地道不僅能用於儲藏新鮮獵物，或者躲避嚴酷的天氣，還可以用來抵禦仇敵。因為有了地道的幫助，風族戰士可以在不被發現的情況下，直接到達領地的邊界。

有些貓——通常都是個頭特別小的貓——被訓練成地道伏擊貓。他們的任務就是弄清楚那些祕密通道的位置，記住那些蜘蛛網般的線路。有些暗道直接通往其他部族的領地，讓我們可以祕密進入或者逃離敵貓的營地。

通常我們都用鳳尾蕨和枝條將地道出口小心地遮蓋起來，並用才剛捕殺的兔子的皮毛掩蓋任何其他的氣味。地道伏擊貓通常都會變得很習慣於在黑暗中走動，漸漸失去對日光的感覺。在地面上時，他們笨拙、緊張。但一進入地道，他們就跑得和任何一名風族戰士一樣快，利用嗅覺、觸覺和聽覺在整個森林地下辨別方向。

在訓練地道伏擊貓見習生時，必須在黑暗而侷促的空間裡生活，但這項工作卻很搶手，因為地道伏擊貓在族貓中有著特殊的地位。他們的訓練時間是其他戰士訓練時間的兩倍，所以受傷或死亡的現象都很普遍。有幾條得來不易的規則，可以讓最有經驗的地道伏擊貓活下來，並讓見習生更容易有機會順利度過在高沼地下第一個月的生活。

他們學會留下明顯的氣味蹤跡，像邊界氣味標記一樣，這樣便於找到出去的路。他們慢慢學會了識別風吹到口鼻上會有什麼感覺，知道有風並不一定意味著他們正向地面靠近，而可能表明有一條通向地下深處的通風道，可以將空氣輸送到最下面的地道中，但通常都是些不可能爬上去的通道。甚至最缺乏經驗的地道伏擊貓，都一直對滴水的聲音保持警覺——河流可不是貓應該去的地方，無論在地面上還是在地下。

他們還學會了辨別地下動物的氣味，不是為了捕獲牠們，而是為了避開牠們。沒有貓想闖進狐狸的窩，或者被陷入絕境的兔子用後腿蹬斷肋骨。在地下行走幾個月之後，地道伏擊貓即使在地面上，也能想像出地下路線的走向。所以，儘管他們身處黑暗之中，也隨時知道自己的準確位置。這種技能在部族中受到極高的評價，因為貓太容易在黑暗中迷失方向，永遠消失在無底洞中。地道伏擊貓這種在黑暗中祕密行動的能力，不僅受到同族貓的敬畏，也受到其他部族的敬畏。

在湖邊定居下來後，我們的地道伏擊技巧就被荒廢了。「這裡沒有地道。」資深戰士宣布說，「從現在起，所有的貓都必須接受在地面上狩獵和戰鬥的訓練。」

但我們有些貓的想法卻不同。我們在新家下面盤繞的網狀地道中探險、玩耍，還為了保命而戰鬥過。有幾隻其他部族的貓知道我們的祕密——獅焰、松鴉羽和冬青葉都知道。但那是一個可怕的錯誤。我永遠不應該為了滿足好奇心而去地下探險，遠離安全的日光和清新的空氣。由於對獅焰的愛，我拿一切去冒險，那時真是愚蠢。我的探險差點兒讓我們去了星族。我們玩的游戲，也以讓我們心碎的結果而告終。

天族

天族實況

族長：葉星

副族長：銳爪

巫醫：回颯

狩獵領地：砂質河谷

營地：河谷周圍的洞穴

獨特的戰鬥技巧：在上空區域作戰

鳩星的歡迎詞

寵物貓們，你們好。別害怕，你們正在風族見習生的巢穴裡睡覺，非常安全，肚子也吃得飽飽的。

我的名字叫鳩星，曾經是一個部族的族長，需要走許多天的路才能到達這裡。儘管我很久以前就加入了星族，但我仍然可以造訪一些貓的夢境。我能進入你們的夢，是你們的幸運，因為我將向你們介紹最後一個需要了解的部族。它叫天族，曾經和湖區四大部族平等共存。

我們之所以叫這個名字，是因為我們的戰士在樹上時是最快樂的。我們狩獵鳥類爬到鳥窩裡吃那些熱呼呼的鳥蛋。我們可以跳得比其他任何貓都高，爬起樹來也更有自信，即使爬到最高的樹枝上也無妨。

天族戰士像那些從高空中無聲猛撲下來捕食的老鷹一樣，可以在空中投入戰鬥，從樹枝上落到敵貓的身上，出其不意地抓住哪怕是最機警的入侵者。

很多年以前，我們被驅逐出了森林，因為兩腳獸修建新巢穴，把我們的領地毀掉了。我那時是副族長。我們試圖在流經森林的那條河的源頭建立一個新家園，但我們遇到的敵貓太多。不出幾代，我的部族就消失了。

但是，即便在心碎地親眼目睹我的部族後代被打敗之後，我也深信，天族能夠重新站起來，強壯、自豪，受到戰士守則的保護。

雲星，就是我擔任副族長時的天族族長，將火星從雷族召來，找到了在河谷中生活的天族後裔，創建了一個讓他們的祖先——也就是我和我的族貓——可以守候和保護的新天族。

現在，我的部族已經開始新的生活，他們還是會學習舊的戰鬥動作，因為很多年以前，正是那些動作，讓天族成為森林中最受尊重的部族之一。

特別的戰鬥技巧：
雀掌解釋「從天而降」

苜蓿尾？苜蓿尾，你醒著嗎？啊，很好。我還以為這些小貓把你累壞了呢。嗯，對，他們都很可愛。但他們是不是不應該那麼吵啊？他們踩到刺了嗎？不可能是餓了吧！他們一天到晚都在吃奶呢！我想，這裡這隻已經睡著了。

可以了嗎？我是否應該叫醒他，萬一他還沒吃飽呢？我猜如果他們都睡著了，你就沒事了。好吧，我不管他了。

對不起，對不起！我不知道他的尾巴就在我腳邊！噓，小傢伙。好啦，再吃點奶吧。這樣就好些了。我剛才說到哪裡了？

對，我是想給你說說，銳爪今天教我的這個奇妙動作。顯然，我們的祖先——你知道的，就是最初的天族——一直用這個動作來打敗對手。守天告訴火星，火星告訴銳爪，現在，他要教所有的見習生學習這個動作！但先從我教起，這一定意味著我是最棒的，或者是

最強壯的，或是最聰明的，對嗎？啊，對了，還是快說說我的新的戰鬥動作吧。

它叫「從天而降」！像老鷹的動作一樣！今天只有我做了這個動作，但通常情況下是許多戰士同時做這個動作，那叫「天降戰鬥隊」。

首先，我必須爬上一棵真正很高的樹。然後，我必須在一根能夠從兩個方向看到下面路的樹枝上等候。銳爪說，貓通常都直接看向前方，或者向兩邊看，而不是上下看。因此，他們不會想到有戰鬥隊埋伏在他們的頭上！天族真是太聰明了！

首先你必須悄無聲息地爬上樹。告訴你，這很難做到，尤其是當腳掌被卡在樹皮上的小洞中時。在樹枝中間等候時，你還必須保持絕對安靜，全身肌肉，甚至一根毛髮都不能動，以免讓一片樹葉動起來。你知道樹葉可以發出多大的響聲嗎？當牠們就在你耳朵邊拂動時，那種沙沙聲簡直就是雷鳴！難怪我聽不到銳爪在下面說什麼呢。他對我發那麼大的脾氣，真不公平。我又沒聾得像隻老獾，真是的！

銳爪說，在禿葉季節要確保不被發現會更難，因為那時沒有樹葉可以遮擋。如果太陽很大，你還必須記住，敵貓能夠看到你投在地上的影子。也許我不會參加禿葉季節的天降戰鬥隊。我想，我是綠葉季節的戰士。

今天的訓練中，白鬚假裝是我的對手。我在那空等的時間長得像有一個月那麼久，不呼吸，也不能做其他任何事情。然後，白鬚才從路上走過來。等他走到我蹲伏的樹枝正下方時，我讓自己直接落下，像銳爪說的那樣——他要求我直接騎到白鬚的背上，把他打翻。

不久之後，我還要學習怎樣伸出爪子從樹上落下，以及怎樣在落下的過程中踢打四肢，把對手踢翻。還有怎樣用前腿將身體懸掛在樹上，同時用後爪去抓對手的臉！如果我們使用這些動作，不可能輸掉任何一場戰鬥！我真有點希望附近有其他部族，那樣我們就可能被入侵。我會爬到最近的樹上，然後跳下去把他們壓扁！

什麼？啊，白鬚沒事。我並沒有落在該落的地方。你可能不知道，在高高的樹上時，你會被搞得很糊塗，既要在你見過的最細樹枝上保持平衡，又要密切注意敵貓的動向，確保自己在準確的時候跳下去。

銳爪說我根本沒落在白鬚身邊，但我的確感覺到他的尾巴從我身上拂過。即使這樣，也會把入侵者嚇得夠嗆，你說對嗎？我敢打賭即使我沒落到他們身上也無妨。他們可能會認為天上下貓雨啦！嘩啦！嘩啦！嘩啦！

哎喲。對不起。哇，這麼短的小尾巴，竟然可以伸到這麼遠。

嘿，你覺得他們還餓嗎？除了奶水之外，他們的肚子裡一定什麼也沒有了！

好了，苜蓿尾，但願你能讓他們重新入睡。祝你好運！你知道的，他們太容易醒了。也許，你應該訓練他們睡得更深沉一些？我走了，再見！

上空區域作戰動作

天族戰士除了地面作戰，更擅長利用樹枝襲擊，這是他們引以自豪的作戰方式。所以誘敵到森林之處，對他們來說是最好的戰鬥地點。

天降奇兵：從空中降落，四腳用力踩在敵貓身上，將對手想像成樹葉般的方式踩扁。

先襲後騎：從空中降落時，先行預備動作，伸出前掌揮打敵貓，然後騎到敵貓背上。

衝擊踢：戰士正要落到地面時，奮力向下踢動四肢，利用向下墜落的衝擊力道攻擊敵貓，然後在敵貓採取反擊以前立刻跳開。

狠擊斬：落到地面以前，伸出爪子，狠狠地墜落到敵貓身上，造成最大傷害。

前掛後踢：用前掌勾住在樹枝上時，身體懸掛空中，伸直後腿踢向敵貓的臉或頭。

後掛前擊：用後掌勾住樹枝，身體懸掛空中，利用身體擺動的利用，伸出前掌擊打敵貓。

縱身跳躍：從樹幹上滑下來時，落到敵貓頭部的高度，利用後腿的爆發力，縱身跳向遠處，擺脫敵貓。（這個技巧最適用於被敵貓包圍的脫逃）

反爬縱跳：在敵貓逼近時，倒退身體往樹上爬，占據有利的置高點時，再縱身跳躍，是讓風向朝敵方位置吹來，使敵貓聞不到你的氣味。

雲風的話：
教訓寵物貓盜賊

「一場攻擊那些無賴貓、寵物貓的戰鬥？」

夜毛眼睛放光，伸出爪子，彷彿已經在想像把爪子插進那光滑皮毛的感覺。那羽毛管子在他的前掌下斷裂。

我低頭看著那隻肥美畫眉殘破不全的屍體。現在，這場戰鬥已經不可避免。那些從兩腳獸地盤來的入侵者把這隻畫眉當玩具，在泥土中拖來拖去，不像戰士那樣讓它死得痛快，沒有對食物表現出應有的尊重。

「他們根本不可能打贏我們！」夜毛的見習生蕨掌表示贊同，「我們一旦從樹上落下去，就會看到他們跑得有多快了，絕對讓他們朝寶貝兩腳獸跑去！」

我搖搖頭：「我們不能在自己的領地上打他們。」

鳩掌還是個見習生，但名聲在外，因為他在戰鬥訓練中，可以毫不退縮地向比他身形大一倍的戰士發起進攻。此刻，他正暴躁地齜牙咧嘴。

「你怎麼能這樣說？那些寵物貓從來都無視我們的邊界標記，驅趕我們的巡邏隊，還偷盜我們的獵物。你的意思是說，我們已經嚇得不敢保衛自己了？」他怒吼道。

鳥飛是一隻和我一起被命名為戰士的母貓，她跳起來為我辯護：「當然不是！雲風和你們一樣勇敢——可能比你們更勇敢！」

我在心裡感激她對我的信任，但我不想讓族貓以為我需要她來支持我。我向她眨眨眼睛，以示感謝，然後站起來對圍在身邊的貓講道：「我們知道，兩腳獸已經離我們的邊界很近，讓我們很不舒服。我們可以忍受他們，但無法忍受他們的寵物貓。他們不是肥胖、懶惰、營養過剩的傢伙，而是一群年輕、強壯、殘酷的貓，可以捕獲我們需要當做食物的鳥。他們跳得夠高，跑得夠快，可以在空中把獵物抓下來。他們一定偷看過我們訓練見習生，從而模仿我們的狩獵動作。」

我注意到，副族長花瓣落驚訝地睜大眼睛。我是最年輕的戰士之一，沒有資格召開族會。但是，她隨即微微點了點頭，所以我繼續說了下去，並希望她會認為我的計畫不錯，當飛星從月亮石回來的時候，她會把計畫報告給他。

「我們不能在天族領地上攻打寵物貓，是因為他們不會同時到這裡來。」我解釋說。

「如果我們把其中幾隻貓嚇得夠嗆，他們很快便會告訴他們那些盜獵的朋友，讓他們別再來騷擾我們了！」夜毛插話說。

「但我們怎麼知道他們之間會互通消息呢？」我爭辯道，「他們來自不同的兩腳獸巢穴，甚至可能不知道其他寵物貓也會到森林裡來。我們需要追到他們身邊去打。我們必須在兩腳獸地盤發起戰鬥。」

大家一陣沉默。然後，蕨爪說：「什麼，你這就說完了？」

「當然沒有。看。」我用一隻前爪在積滿灰塵的地上畫出一條線，「這是兩腳獸地盤和我們領地之間的邊界。是道柵欄，對吧？大約有一棵矮樹那麼高。因此，我們仍然可以采用空降一擊的戰術，從它上面跳下去！」

族貓們湊近一些，我又畫了一些直邊形狀，代表兩腳獸巢穴，它們之間有小路。「我們先向離柵欄最近的寵物貓發起進攻。我們必須選擇一個大晴天，因為那時他們通常都會跑出來，躺在自己的領地上。畢竟，他們不需要捕殺我們的獵物來當食物。」

我聽到了幾聲附和。

花瓣落把一隻爪尖放在我畫的那些標記，「那其他的寵物貓怎麼辦？他們並不都住在這道柵欄下面。」

我指著地上的那些圖形說：「我們會派更多的戰鬥隊，到兩腳獸地盤裡面去教訓他們。他們的大多數小領地四周都有柵欄，有些還有小樹，所以我們還是可以利用我們的優勢。」我抬起頭來，感覺心跳得咚咚響，「我們將向他們證明，我們在他們的領地上同樣英勇善戰！」

「我們要襲擊兩腳獸地盤了！」夜毛吼道，「這將是天族歷史上最偉大的戰爭！」

第二天黎明，我們已經做好準備。飛星還沒有從月亮石回來；但花瓣落同意我們不再等了，因為每過一天，我們的獵物都被寵物貓盜去更多。日出前的空氣已經暖烘烘的，意味著又是一個大熱天，寵物貓一定睡意朦朧，舒展四肢躺在他們那些華麗但狹窄的領地上。

我們悄然無聲地穿過樹林。共有四個戰鬥隊，每一隊進攻兩腳獸地盤的不同部分。我們會從最外邊的那道柵欄開始，先收拾那些住得離森林最近的寵物貓。這樣他們便不能向其他寵物貓傳遞消息，說他們正遭受攻擊。

然後，我們從四個方向進入兩腳獸地盤，把我們所有的本領施展出來，就像捍衛領地時那樣，使用地面上方的戰鬥動作和戰士技巧。

花瓣落走在我旁邊。我們從涼爽的鳳尾蕨中鑽過時，她那身玫瑰奶油色的皮毛上沾滿露水，閃著光，耳朵尖也被打濕了，看起來黑黑的。我發現，她那雙藍眼睛裡滿是焦慮，所以，我放慢腳步，往灌木深處走了一點兒，以便在不被其他貓聽到的情況下和她說話。

「怎麼啦？」我問道。

花瓣落眨眨眼睛，彷彿沒有意識到她的擔心會明顯到被別的貓看出來了。「我想，應該讓飛星知道我們要做什麼。」她說。

「我們向他報告勝利的消息時，他就會知道了。」我回答。

「但萬一星族已經告訴他應該用其他辦法對付寵物貓呢？萬一星族不想讓我們這樣跑到他們的領地上，去襲擊他們呢？」

我停下腳步，面對著她：「戰士祖先傳給我們戰士守則和戰鬥技巧，是為了保護我們，讓我們吃飽肚子。但祂們並不與我們生活在此，不需要冒險去狩獵，也不需要驅逐入侵者。這些事情必須由我們自己去做。我們應該感謝祂們教給我們的東西，但我們的行動應該由我們自己做主。」

花瓣落退後一步：「但星族在所有的事情上都會為我們指引方向！」

「星族是在守護我們。」我糾正她的話，「這是不同的概念。到兩腳獸地盤去打仗是我的主意，不是祂們的。我希望得到祂們的支持，但把我們帶向戰場的是我們自己的腳掌，向那些盜獵寵物貓證明力量的，也是我們的爪子。這是我們必須自己贏取的戰爭，不是星族的戰爭。」

花瓣落轉身走開了。有那麼一會兒，我還以為她會把我丟在那些掛滿露水的鳳尾蕨中，自己回營地去。我張開嘴，想讓她留下來，因為我們需要她的技能和勇氣。但我卻看到她停下腳步，回頭看著我。

「我會與你們並肩戰鬥。」她低聲說，「願星族保佑我們取得勝利。但如果我是你，我不會這麼輕視我們的祖先。我們的一切都多虧了祂們，這是一份永遠報答不完的恩情。」

我在柵欄頂部伏下去，肚子被咯得生疼。我把前掌向地面伸大，用爪尖撐著那氣味濃烈的光滑木頭，保持著身體的平衡。我準備使用「縱跳」的動作越過柵欄腳下的那叢荊棘灌木，然後衝過平整的綠色草地，向那隻正躺在對面一棵樹下的寵物貓衝過去。

我聽到兩邊的柵欄吱嘎響起來，我的族貓們已經各就各位。我們只輕輕一跳，便躍到柵欄頂上去了。但我們的下一個動作卻要更慢些，而且必須非常小心，才能出其不意地制伏寵物貓。有那麼一小會兒，鳥飛失去平衡，我身下的細長木條搖晃起來。

「對不起！」我聽到她在我旁邊的寵物貓領地上方悄悄說道。

我沒有回答，只是將一隻爪子插進木柵欄，以便穩住身體。那邊傳來一聲很低的嘶鳴聲，是花瓣落在下令進攻。

當我們同時用後腿往柵欄上一蹬，飛身跳入兩腳獸領地

時，我聽到柵欄開始作響。我的腳掌在柔軟的草地上翩飛。我幾步就跳到那棵樹下。那隻寵物貓是一隻棕色虎斑貓，胸部有一撮白毛。他還沒來得及抬起頭，我就已經跳到他身上，還把爪子伸了出來。

「搞什麼……」他嚎叫起來，「快從我身上滾下來！」

我在他口鼻上狠抓一把，然後向後跳開，胸口被濺上了幾滴血。「離我們的領地遠點！」我怒吼道。我聽到柵欄那邊的鳥飛也正在怒吼那隻肥胖的橙色公貓。三天前，那傢伙竟然當著我們狩獵隊的面前，盜獵了一隻松鼠。

那隻棕色虎斑貓掙扎著向後退去，眼睛睜得老大。我頓時緊張起來，因為從他把後掌縮在身下的樣子，以及他腰部皮毛聳動的方式，我看出了他要幹什麼……

當他跳起來時，我已經做好準備。他伸出爪子，從空中向我打來時發出的嚎叫聲，與我作戰時的怒吼聲沒什麼兩樣。我向一旁閃去，躲開他前掌的同時，一條腿掃向他的後腳。虎斑貓咚的一聲落在硬梆梆的地上。我站在他的上方，低下頭去，直到幾乎與他口鼻相擦。

「離森林遠點！」我厲聲說道，「獵物是我們的。如果有必要，我們的進攻可以比這次更凶猛。」

「狐臭貓，隨時提防身後吧。因為總有一天，你可能不得不這樣。」我用一隻腳掌按住他的喉嚨，將爪子插進他的皮毛，直到我荊棘般鋒利的爪尖感覺到他的皮膚為止。「如果你想，我現在就結束這一切！」我威脅地說。

虎斑貓嚇得直往後縮。但值得稱讚的是，他沒有迴避我的目光。

「那些瘦骨嶙峋的鳥不值得我們為牠們打仗。」他低聲吼道，「歡迎你們去吃牠們。」

我放下腳掌，退後一步。虎斑貓坐起來，眨眨眼睛。「這下行了吧？」他聲音嘶啞地說。

我搖搖頭：「我還要告訴你，你那些盜獵的朋友們都將受到同樣的警告，無論他們在哪裡。」

說罷，我轉過身，向兩腳獸巢穴旁邊的那個缺口衝去，從那裡可以進入寵物貓領地深處。我聽到周圍都是我的族貓們勝利的叫聲，還有寵物貓們戛然而止的咆哮聲。一定是天族戰士在向他們證明，為了捍衛我們的邊界，我們可以做出任何事情來。當我衝到那個兩腳獸巢穴另一邊的轟雷路旁時，鳥飛和鶯爪向我跑過來。他們氣喘吁吁，但眼中都閃爍著勝利的光芒。我向那條硬梆梆的黑色道路邊的紅色醜陋巢穴點點頭。我們並肩衝上前去，尋找下一隻盜獵的貓，讓他或她從此學會遠離森林。

當然，我們開始戰鬥。好幾個月以來，我們眼睜睜看著那些飽食終日的寵物貓偷盜我們的獵物。我們已經飢腸轆轆，滿腔怒火。我們像老鷹一樣，從樹上和牆上猛撲下去，向那些敵軍發起進攻。我們既有接受過戰鬥訓練的優勢，又能出其不意。

大多數時候，我們只需把爪子伸出來，那些寵物貓就嚇得抱頭逃竄，或者縮在角落裡瑟瑟發抖，連聲求饒。我們橫掃兩腳獸地盤，讓任何一隻寵物貓都再也不敢幻想進入森林。有些寵物貓甚至可憐兮兮地說，要把他們自己的食物拿給我們吃，因為他們不知道，我們寧願餓死，也不會吃寵物貓的殘羹剩飯。

飛星從月亮石回來時，欣慰地看到我們已經捍衛了領地，再次讓獵物回歸自己掌中。他召開族會，感謝另一些走出邊界參加戰鬥的戰士，還命令接下來的一個月加強巡邏，確保寵物貓不再踏入森林半步。他壓根兒沒提星族告訴過他什麼。星族提出過現在已經不再需要別的解決辦法嗎？或者，他們提醒過飛星，天族的力量就在這些活著的戰士掌中，因為他們有鋒利的爪子和苦練得來的戰鬥本領？

當花瓣落的目光越過營地與我的目光相遇時，我抬起下巴，無聲地向她確立我一直堅信的一點：天族的生存依賴於我們自己的能力，依賴於我們腳掌的力量和奔跑的速度，依賴於我們強健的後腿，而並不依賴於那些已經逝去的戰士的夢想，因為我們比其他任何貓都跳得更高。

II

戰場漫遊

湖區領地

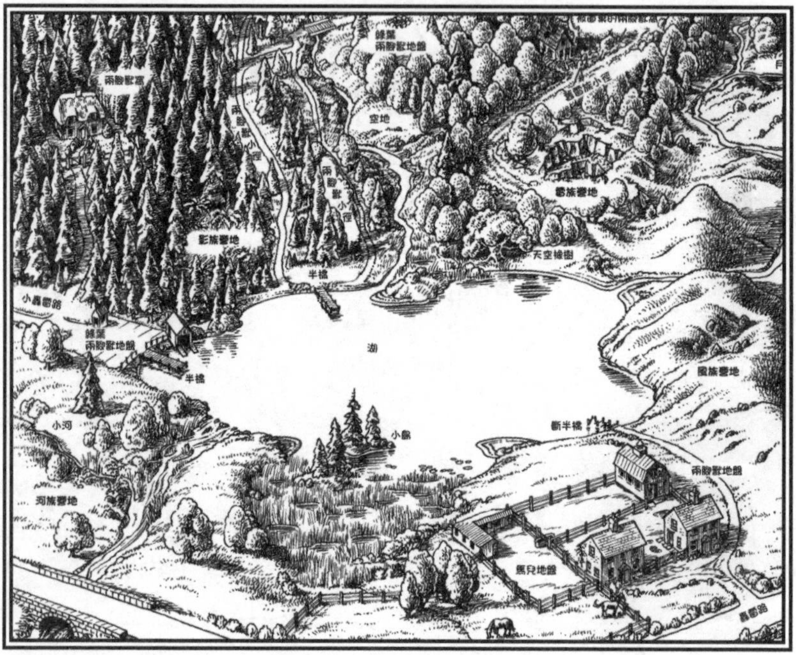

哈囉！我叫褐皮。我是一名影族戰士。

寵物貓們，你們睡得好嗎？你們的毛髮好像有點亂。我想一定是風聲讓你們睡得不安寧。一星讓我帶你們參觀一下，我們來到湖區後發生過戰鬥的地方。我們從這裡，從高沼地上開始。

一星有沒有告訴過你們，高星剛死的時候，他曾為自己的領導權戰鬥過？每一隻貓都期望泥爪接替高星的位置，因為他當時是風族副族長。但高星失去第九條命的那天晚上，也就是我們到達湖區的同一天晚上，他改變主意了。

沒有一隻貓知道這是為什

麼——當時只有火星和棘掌在他身邊——但他指定一鬚接任副族長的職位。這意味著黎明到來的時候，一鬚就是風族族長了。

泥爪勃然大怒。其實也不能怪他，對嗎？他並沒有做錯什麼。但作為一名戰士，他應該尊重族長的決定，支持一星。可是事實相反，他卻密謀用武力接管風族，還祕密走訪其他部族，想找到同盟。一天晚上，在泥爪與一名叫鷹霜的河族戰士的帶領下，他們發起進攻。

我們其他的貓都站在一星這邊，為他而戰。在星族的幫助下，一星勝利了。你們看到那邊那個小島了嗎？還有那些很高的樹？如果你們走近去看，就會看到一棵倒在地上的樹把小島和湖岸連接起來了，樹根在小島那邊。星族降下六道閃電，擊中那棵樹，讓它直接倒在泥爪身上，他當場斃命。那就表明一星才是風族族長。

走這邊，我們順著湖畔向雷族領地走。每隻貓都有權利在沿岸三條尾巴寬的範圍內行走。如果你們從樹林中看過去，可以瞥見二個兩腳獸巢穴，現在已經快要倒塌了，但有一條舊轟雷路通向它，並一直抵達雷族居住的山谷那邊。我們來到湖區之後，最大的一場戰鬥就發生在這裡。戰鬥的起因是風族和雷族之間的邊界糾紛。然後其他部族也都參與進去，我們打了整整三天。影族站在雷族一邊。這種聯盟是極少發生的！

與那些和我在大集會上互相交流的貓，或者在其他戰鬥中並肩作戰過的貓打仗，其實糟糕極了。但是，這就是作為戰士的全部含意：隨時準備在必要的時候為自己的部族而戰。你只需全力以赴，發揮自己的戰鬥本領，想想勝利之後贏得什麼或挽救了什麼，然後繼續打仗。有些貓喜歡打仗，但大多數的貓則把它看成自己的職責。

我們現在快到影族邊界了。跨過邊界以前，先跟我去一趟湖邊。這裡沒有路，我們可以順著這條深溝走，你們從鳳尾蕨下面鑽過去，就能站在水邊一塊狹長的卵石地上。從那裡可以欣賞湖光山色，但那並不是我帶你們到岸邊這個地方來的目的。

曾經有一隻極邪惡的貓——至少我是這樣認為的——死在這裡。他身上流出的血如此之多，將湖水都染紅了。那個預言變成了現實：和平降臨之前，血，依舊要濺血，湖水將被染成血紅一片。好啦，你們不必如此驚恐，彷彿生怕腳掌會被血水浸濕似地。現在，那些血早被沖走了。

那隻死去的貓名叫鷹霜。如果你們一定要知道，我可以告訴你們，是我哥哥黑莓掌殺了他，救了火星的命。

現在，快點，我們去影族領地。你們可以再走快一點兒嗎？我可不想被兩腳獸發現。就在不久之前，影族和雷族才為這塊地打過仗。有時我似乎依然能嗅到空氣中的血腥味。我們到湖區後不久，火星把這塊領地給了我們，但他後來改變主意了，要把它拿回去。好像我們會不經戰鬥就放棄似地！當獅焰殺死我們的副族長枯毛時，戰鬥宣告結束。戰士永遠不應該為了勝利而互相殘殺。那天，兩方都沒獲得勝利。

感謝星族，大多數戰鬥都很容易解決。我們到來時，依然生活在這裡的一些寵物貓，已經通過血的教訓學會了尊重我們。他們不停地偷獵我們的獵物，甚至伏擊我們的見習生。愚蠢的鼠腦袋，難道他們真的以為能戰勝整個影族嗎？我們在他們自己的領地上向他們宣戰，也就是樹林中的一個兩腳獸巢穴，就在那座小山那邊。作為肥胖的寵物貓來說，他們打得還不錯，但他們絕對不可能勝利。

現在，那些寵物貓不再騷擾我們，但我們並不信任他們。我們的狩獵隊也遠離那個兩腳獸巢穴。有許多其他的地方可以找到獵物。不，不是這裡，這裡沒有遮蔽處。你們都看到了吧，這裡的樹木都被毀掉了，硬梆梆的黑石頭蓋著地面。這就是綠葉季節兩腳獸來湖上漂游的地方。那邊那些灌木，就是河族領地的起點。他們在那裡進行自己的戰鬥，防禦那些試圖占領他們營地的小兩腳獸。我聽說，為了保護他們的巢穴，河族戰士把河變寬了！只有河族會憑水作戰。

在我們到湖區來之前的舊領地裡，情況也是一樣。你們聽說過部族貓過去在別的地方生活，對嗎？那時，河族的營地在一道河岸上。那條河很寬。除了在最為乾旱的綠葉季節，沒有誰能跳過去。所有的戰鬥都在河的另一邊進行，其他部族就居住在那邊。我們在那裡的領地與現在的沒有多大區別——風族住高沼地，雷族在最濃密的樹林裡，影族在一片松樹林中，周圍都是沼澤地。現在，那一切都不復存在，被兩腳獸踏平了。那些曾經打過的仗，那些我們曾用生命捍衛的邊界，戰士們出生和接受訓練的巢穴，都永遠消失了。無論美好的還是痛苦的記憶，都像露水一樣消失在陽光下。真遺憾，你們再也沒有機會看看那些領地了。

偉大的星族啊，這些霧是從哪裡來的啊？我最好還是趁著沒有迷路，早點兒把你們送回風族營地。走吧，跟緊我。

森林領地

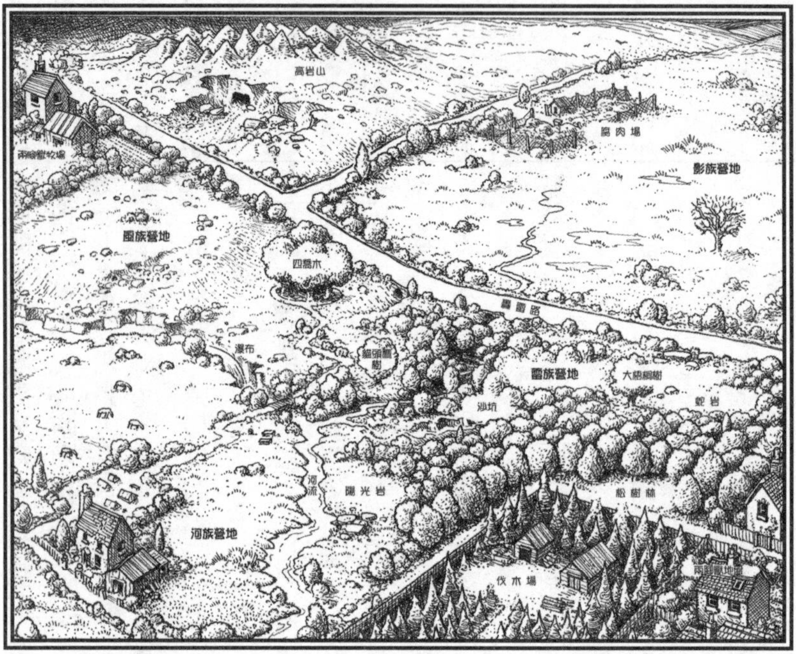

寵物貓們，你們好！你們已經離家很遠了。知道我是誰嗎？我相信，你們肯定聽說過我的名字，儘管沒有貓會希望你們遇到我。

我是虎星，曾經的雷族戰士，後來的影族族長。現在，我行走在無星之地，也就是黑暗森林裡。這裡是那些具備勇氣和雄心、既聰明又狡猾、被鼠目寸光的貓拒絕加入星族貓的地盤。

叫褐皮也沒有用。她看不到我。我就是衝著你們來的。我有些東西要給你們看。褐皮說你們永遠不可能參觀部族的舊領地，其實她說錯了。穿過迷霧、往這邊走。

那種沙沙聲是什麼？是一棵大橡樹的樹枝發出的響聲，一棵樹代表一個部族。抬起頭來，你們看到牠們了嗎？這就是每個月圓之夜部族在森林裡聚會的山谷，也是我失去所有九條命的地方，我被那個叛徒鞭子撕破了肚子。如果你們看這裡，仍然能看到草叢下有痕跡，這就是我流過血的地方。不久之後，四族聯手打了最大的一場戰鬥，敵方是鞭子和他的追隨者，他們自稱血族。我本來應該與我的族貓並肩戰鬥的！然而，我卻無能為力，只能眼睜睜看著那隻曾經發誓要幫我接管森林的貓，向部族貓們宣戰。

日出時分，他們在這裡集合，就在這些可以俯瞰山谷的樹下。火星率領部族貓從山谷的另一邊出來了。你們能想像他們看起來是多麼弱小嗎？如果你們當時站在這裡，站在鞭子身旁，你們也會在自己的爪子上裝上狗爪子，喉嚨裡騰著鮮血和勝利的滋味。你們就會看著我——所有森林部族中最偉大的戰士，被你們的族長殺死，而其他戰士看起來一定都像能被輕易捕獲的獵物。

就在這塊石頭旁邊，雷族副族長白風暴被骨頭殺死了。我們的見習生為他報了仇。他們撲到骨頭身上，把他狠狠地往下壓，直到他斷氣為止。甚至在無星之地，我都能聽到他的尖叫聲，以及見習生們勝利的嚎叫聲。星族永遠不可能讓鞭子贏得那場戰鬥。我也承認，火星表現出了極大的勇氣。如果我們再次相遇，他的確需要有更大的勇氣才行。

你們是冷得發抖還是嚇得發抖？站到我身邊來，沒關係，我只咬自己的仇敵。現在是變冷了。因為我們在開闊的高沼地上了。風族過去就住在這裡。看起來很像他們在湖區的領地，你們這下明白他們為什麼那麼瘦、跑得那麼快了吧。因為他們一直都在追逐兔子、一群老鼠屎的貓，他們應該學學狩獵和跳躍，這樣就能在樹下找到新鮮獵物了。到營地邊上來，就在這條淺溝裡。他們竟然選擇在這裡築巢，你們能相信嗎？難怪影族會把他們驅逐出去。碎星只用一個戰鬥隊就把他們打敗了。影族貓衝到溝裡，在風族戰士回過神來之前，將他們圍困在巢穴裡。那是一次經典的影族伏擊戰，只不過是在敵軍自己的巢穴中展開的。高星一直沒把風族帶回高沼地，直到火星和灰紋找到他們。火星受到過許多非議，高星指責他經常干擾風族事務，但如果不是高星在對抗碎星的戰鬥中表現得太過軟弱，他的部族絕對不可能變得如此依賴雷族的幫助。

跳！來，再跳一下，你們就在陽光岩上了，看看這風景！從這裡可以看到整個森林。遠方那片黑黝黝的樹林就是影族居住的地方。那裡刺眼的橙黃色光是兩腳獸地盤發出的。你們在這上面感覺很安寧，對嗎？但這些岩石比森林裡的任何地方見證過的戰鬥都更多。

河族永遠不會接受陽光岩屬於雷族這個事實。那些肥胖懶惰、狐狸心腸的貓，還嫌沒有足夠多的地方躺曬太陽似的。倒不是說他們能在這些岩石上捕到獵物，因為即使一隻老鼠站在他們腳邊，他們也不懂得怎樣處理。這裡發生的戰鬥都很無聊，誰最先占領岩石上的最高點，誰就會贏，就這麼簡單。當戰士們像雨點般落到你肩膀上時，你便無處可逃。

但火星加入雷族前不久，發生過一場戰鬥，這些岩石幫了我很大的忙。看到下面那條深溝了嗎？啊，這下好些了，現在我們可以從溝裡走過去了。從那塊岩石邊擠過去，就是形狀像貓的口鼻的那塊。就在這裡，在這個狹窄得像洞穴的地方，我看到我的副族長紅尾殺死了河族副族長橡心。那是一場速戰速決的戰鬥。橡心試圖用他沉重的軀體將紅尾撞到一堵石牆上，但紅尾直接從他身上跳過去，在他另一邊落下，同時用爪子劃破他的腹部。

橡心奔跑了幾步，跪倒在地，還試圖去抓紅尾，但紅尾向後退開，心裡明白戰鬥已經結束，因為橡心的生命正隨著鮮血濺落到沙地上。就在那一刻，我看到了自己當上副族長的最好時機。我是一名優秀的戰士，有資格當副族長。但紅尾卻妨礙了我。

抬頭看，看到我們頭頂有多窄了吧。我知道，陽光岩上的貓不可能看到剛才發生的一幕。橡心慘死的真相將隨著紅尾的死成為永遠的祕密。我的族貓還以為我是去祝賀他取得勝利的，絕對沒料到他的脖子上會挨我一爪。他就倒在你們現在站的地方，眼中仍閃動著勝利的喜悅。

我把他的屍體帶回營地，告訴藍星是橡心殺了他，我已經為他復仇，取了橡心的性命。被任命為副族長的應該是我，而不是獅心！藍星根本不懂什麼是公平和真正的膽量！

多年以後，我成為影族族長後，為自己報了仇。惡狗到森林裡搗亂，牠們凶猛、野蠻、貪婪，我利用牠們向我的前族貓倒戈一擊，讓他們知道不該懷疑我的忠誠。看看周圍，我們現在已經不在陽光岩了。這是蛇岩。很少有狩獵隊到這裡來，因為這裡有蝰蛇。

但當那些狗在那塊懸墜的岩板下做窩時，雷族害怕的東西更多了。為了讓那些狗一直留在這裡，我替牠們帶來了新鮮兔子。當時，我的氣味還沒有完全變成影族氣味、所以很容易溜進雷族領地。最早的兩個犧牲品是亮掌和疾掌。他們居然猛得跑到蛇岩邊來狩獵。疾掌當場斃命。亮掌沒有死，但她可能不只一次希望自己已經死了。你們在雷族看過她嗎，就是那隻只有半張臉完好的貓？如果我的計劃成功，那些已經入侵溪谷斜坡——我用兔子把牠們引誘到那裡——然後澈底消滅雷族。但我錯誤地估計了我的前族貓們的勇氣。我應該知道，他們會把這當成另一次戰鬥來打，因為他們相信，他們可以受到他們寶貝星族的保護。

火星當時是副族長，他安排一群貓把那些狗從營地引開了。我們現在就在溪谷的斜坡頂上。看下面，看到那些灌木最濃密的地方了嗎？我們的巢穴就隱藏在那塊空地上。如果狗已經跑到那裡，那些貓將被他們賴以作為掩體和保護的黑莓叢圍困起來。灰毛和蕨雲最先跑出來，因為他們的母親斑臉就是被那些狗殺死的。他們從那些樹中衝出來，惡狗尾隨而去，然後沙暴跑了出來。雷族戰士將惡狗一隻接一隻引出樹林，引到河谷。

你聽到那雷鳴般的聲音了嗎？風族領地邊的懸崖下有條湍急的河，那就是河水的聲音。為了把狗從懸崖邊引誘到河裡，藍星失去了第九條命。在我們之間的最後一場戰鬥中，她勝利了。她挽救了她的部族，鞏固了她在星族的位置。

別靠近懸崖！你們不會是想步藍星的後塵吧？我該帶你們回去找褐皮了。我聽到她在霧中呼喚你們。啊，如果我是你們，我就不會告訴她，你們看到我了。她雖然是我的女兒，但和湖區的其他貓一樣，把戰鬥勇氣看成不可信賴的東西。

哈，如果你們當中誰有一絲野心，那些族長們就不安穩了！我沒有任何遺憾——一切都如我所料——但我懷念在森林裡的日子。那時，一切問題都可以用戰鬥來解決，我的同盟者會和我並肩戰鬥到流盡最後一滴血。

III

著名的戰爭

大集會

這是什麼狀況？寵物貓出現在大集會上？啊，一星，是你帶他們來的呀。那我想就沒關係了。

你們自己找地方坐吧。不，不能坐在那裡！那是撲尾最喜歡坐的地方。來，坐在這根木頭上，坐我旁邊吧。我叫斑鼻。撲尾和我都是河族貓。那邊的是影族貓杉心、高罌粟、蛇尾，不要看向他們，他們總愛做鬼臉。當我們還是戰士時，我比他們更厲害，所以他們嚇不倒我。沒錯！我就是不怕。蛇尾。那隻棕色母貓是雷族的鼠毛，我已經好幾個月沒看到她來參加大集會了，可憐的老毛球。

她的同伴長尾上個月死了，就在一棵樹倒進他們營地的時候。如果你們和她說話，對她溫和一點。她依然沉浸在悲痛之中。

我參與的最後一場戰鬥？當時四個部族都在雷族領地上相遇。對我們任何一隻貓來說都不是段值得自豪的記憶。你們聽說過星族是怎樣讓那場戰鬥停止的嗎？**他們讓太陽消失了！**可怕，真可怕。我們還以為世界末日到了呢。

甚至在太陽回來之後，我們仍然驚恐不安了好長時間，生怕它再次消失。如果你連太陽好好地在天上這一點都不敢指望，你還能指望什麼？

但是，並非那場戰鬥的一切都是可恥的。如果你們非常禮貌地請求撲尾，他會給你們講那個故事。從很大程度上來說，他是那天唯一給河族爭光的貓……啊，我看到夜語今晚也來了。看到那棵荊棘樹下瘦骨嶙峋的棕色公貓了嗎？他有個你們聽了就會做噩夢的故事，如果你們敢聽的話。

我聽他的族貓們說，他睡覺老是做噩夢，經常尖叫著，喊什麼河水血紅，嘴巴裡有敵貓皮毛的味道。我

猜，那是因為他跟虎星一起看過太多的戰鬥。

但也不是所有的戰鬥都是部族之間的，我們曾不止一次聯合起來抗擊過共同的仇敵一還有一次，是在舊森林裡，狐狸給各族都製造了許多麻煩，於是四族齊心協力把牠們趕了出去。

也許灰紋稍後可以給你們講講那次戰鬥的故事。

好好聽吧，小寵物貓們，你們周圍到處都有四大部族鮮活的歷史，封存在每一隻貓的記憶中。

撲尾的話：
需要憐憫的時刻

斑鼻，我當時只是在按照戰士守則盡我該盡的職責而已，就這麼簡單，不過，你說得對，那天許多貓都忘記了同情的高尚含意。我們去支援風族，相信他們在不久前與雷族的邊界糾紛中，受到了不公正的對待。

我們到達雷族營地下方的岸邊時，戰鬥已經打響，彷彿有一頭咆哮的雄獅在怒吼。我們聽到吼叫聲在樹林裡回蕩，循著血跡到達戰場，看到另外三個部族的貓正扭打在一起，互相撕扯怒嚎著。

我並不害怕。我是一名戰士。從睜開眼睛那天起，我接受的所有訓練就是為了成為戰士。我不太熟悉雷族領地，但族貓黑爪曾和我的巫醫蛾翅一起去過那裡一次。他說了那個廢棄兩腳獸巢穴的事，告訴我們在那裡可以占據制高點，伏擊從舊轟雷路上經過的貓。我們從鳳尾蕨中鑽出去，並繞過山谷，竭力避免被那些密密麻麻的灌木纏住。

最後，我們終於爬出灌木叢，走上一條寬闊的石頭路，路面上稀稀拉拉地長著野草，我猜就是那條舊轟雷路。我抖了抖身子，感覺幾乎有一半的皮毛已經留在黑莓刺上了。黑爪和蘆葦鬚已經出現在轟雷路旁幾條尾巴遠的地方，曙花跌跌撞撞地從另一邊跑出來，尾巴上黏著一根刺藤。我跑過去踩住那根刺藤她才得以脫身。

「走這邊。」黑爪低聲喊道。

我們順著那條路的邊緣往前走，盡可能靠近木叢而又避免被纏住，打鬥聲從我們身後的樹林中傳來。我聽出是我的族貓在勇敢地跳起來幫助風族貓，共同迎戰一隊憤怒的雷族貓。前面，石頭路上靜悄悄的——太靜了。微風中有股影族的氣味，並且愈往前走，氣味愈濃。

黑爪鑽進一叢蔓生到路面上來的鳳尾蕨中，停下腳步。「那個兩腳獸巢穴就在那邊。」他低聲說道。

「我不喜歡這種寂靜。我能聞出影族就在附近。」蘆葦鬚嘟噥道。

曙花點點頭：「他們可能正在把那個巢穴當作是他們自己的襲擊地。」

「那我們就先發起進攻，假裝知道他們在那裡。」黑爪作出決定，「如果巢穴是空的，那更好。撲尾，你和蘆葦鬚從後面繞過去。」他用尾巴指示著，「如果我沒記錯的話，牆上有個洞，你們應該能夠從裡面跳進去。曙花和我從正面的入口進去。」

蘆葦鬚在我身邊大口喘著氣，把爪子插進石頭縫裡的腐葉土中。我只是凝視著兩腳獸巢穴外面的灌木，一直沒把爪子伸出來。我看到了一條小徑從灌木中穿過，也許是兔子或老鼠覓食時踩出來的。

「前進！」黑爪嘶喊道。

我跳入鳳尾蕨中，向那條幾乎看不出來的小徑衝去，蘆葦鬚緊跟在我身後。我循著老鼠的氣味，在樹枝中間迂回穿行，順著那條微小腳掌踩出的小徑向前走。各種枝葉從我皮毛上擦過，我竭力不讓自己顫抖。

突然眼前刺眼地亮起來。我立即停下腳步，差點一頭闖進那片空地。我小心翼翼地探頭看去，看到了那個兩腳腳巢穴。看起來更像一堆坍塌在地的石頭。沒有任何貓的影子。溫熱的風中仍然有影族的氣味，還有積滿灰塵的落葉和蕨類植物的臭味。我們向兩腳獸巢穴走去，在黑爪描述過的那個牆洞下等著。

裡面傳來微弱的低語聲：「你們看到什麼了嗎？」

「不，但我剛才肯定是聽到河族貓的叫聲了。」

「你認為他們是來幫助風族的嗎？」

「他們這麼遠跑來肯定不是為了幫助雷族的，鼠腦袋！他們只會從另一邊襲擊風族！」

「我們沒必要為了河族翻臉。」第三個聲音說，「即使有老鼠躺在他們腳掌下面，那群肥貓也不會吃它的。」

我用尾巴示意蘆葦鬚做好準備。當我把尾巴尖豎起來時，我們同時向那個洞跳去，奮力地用後腿蹬著粗糙的石頭往上爬。我在狹窄的牆上站定，眨著眼睛以適應巢穴裡的黑暗。那三雙眼睛驚愕地盯著我。但沒等他們反應過來，我吼道：「進攻！」然後便跳進巢穴。

落到坑坑窪窪的泥地上時，我被絆倒在地。一名影族戰士跳到我的背上。我順勢繼續往下落，然後往一旁滾去，把那個戰士從我身上摔了出去。然後，我跳起來，轉身迎戰那隻蒼白色的嬌小母貓。我腦子裡突然閃出白尾這個名字，但這不是在召開大集會。在戰鬥中，戰士之間的友誼並不那麼重要，最重要的是贏得勝利。

我等著她向我撲過來，然後閃到一旁，揮起一隻前掌向她臉上打去。那樣子有點像抓魚，但又容易得多。與一閃而過的鮭魚相比，影族貓簡直就像毛茸茸的大石頭！

白尾尖叫起來，踉蹌後退，鮮血從她的鼻子裡流下來。此時黑爪正等著她呢。他狠狠地向她的腰上咬上一口。白尾扭身掙脫逃走，一團毛髮還留在黑爪的牙齒之間。

蘆葦鬚正在角落裡與一隻影族公貓打鬥。蛇尾，是你嗎？老朋友。你真棒。我必須承認，蘆葦鬚那天是運氣好，要不是你不小心撞到那塊石頭上，他根本沒機會把你制服。

第三隻影族貓是隻棕色公貓，叫蟻毛。在之前的一次大集會上，僅僅因為我斥責他的見習生對長老粗魯無禮，他便威脅我。我不介意告訴你們，我很高興有這個機會報復他。

黑爪和我從牆上的一個缺口中把他逼進另一個洞穴。但是，角落裡有什麼東西在爬動——我根據氣味判斷出是一隻家鼠——他立即原形畢露，嚇得像小貓一樣尖叫起來。黑爪和我撲到他身上，狠狠地打他的耳朵，直到他嚎叫著向前面的出口衝去。

我們占領了那個兩腳獸巢穴！我看到一個高低不平的斜坡，可以順著它走到巢穴的椽下，我輕盈地跑上去，腳掌踏起厚厚的灰塵。縷縷陽光從破爛的屋頂射進來，塵埃在光柱中閃耀。

我順著最近的木頭地面向前走，從屋頂上一個缺口中向外張望。我能清楚地看到那條轟雷路的兩頭。黑爪說得對；這是一個絕佳的伏擊地！

突然，一聲尖叫從下面傳來。我低頭從木板之間看去，看到族貓正向一隻貓走去。那傢伙好像正試圖將自己埋進巢穴的一個角落裡。那是一名影族戰士，但渾身已經占滿了塵土和血跡，我看不出是誰。

曙花抬起頭來說道：「這傢伙像個膽小鬼一樣藏在這裡。他的族貓絕對不會感謝他把自己留在這裡抵擋我們的。我們要教訓他一頓嗎？」

那隻貓抬頭看著我，在他全身髒兮兮皮毛的襯托之下，他的藍眼睛顯得巨大且蒼白。他張開嘴，但只發出一聲微弱、嘶啞的咳嗽聲。

蘆葦鬚抬起腳掌，舉到脖子上方。「要我把那傢伙解決嗎？」他自告奮勇地說，「或者，你想自己享受一番，撲尾？」

一根斷木頭從我所站的地方傾斜下去，一直伸到下面那個兩腳獸洞穴中的一堆石頭上。我用爪子緊緊抓住木頭，順著木頭走下去，生怕自己滑落下去，砸到族貓頭上。我跳

到地上時，他們從那隻影族貓身邊退開，讓我體驗勝利的喜悅。我向那個瑟瑟發抖的戰士走去。他還很年輕，也許剛結束見習生生活一兩個月；我能看出來，他那沾滿塵土的皮毛是灰色的，前掌是黑色的。

我認出他了，馬上怒吼道：「你是燼足，對嗎？」

那隻公貓點點頭。

「站起來。」我命令道。燼足吃力地爬起來，搖搖晃晃地站在一塊石頭上。我向那根傾斜的木頭點點頭：「走到那上面。」

燼足看起來仍然很害怕，但他還是從那些墜落的石頭上跳了過去，抓住梁木往上爬，我跟在他後面。

「哈，」黑爪在下面喊道，聽起來心滿意足，「你想看看他雖然沒有戰士的勇氣，但不知道有沒有翅膀，對嗎？好主意。」

燼足走到屋頂下的那個缺口處，盯著我。「你真的要把我推下去？」他輕聲問道。

他那一覽無餘的恐懼讓我感到噁心。我搖搖頭。「這次不會。」我用耳朵指指那道通向巢穴入口處的高低不平的斜坡，「回到你的族貓身邊去吧。」我告訴他，「順便告訴他們，不要再低估河族戰士的能力。」

燼足又看了我一會兒，彷彿不相信我就那樣放他走了。然後他轉身逃去，在塵土中留下深深的腳印。

我跟在他後面，慢慢地回到巢穴地面上。黑爪、曙花和蘆葦鬚正目瞪口呆地等著我。

「你失去了向影族證明河族可以多麼凶猛的機會。」黑爪不屑道。

我鎮定地看著他：「戰士守則說，我們不必為了勝利而殺戮。憐憫對手，讓他有機會再戰鬥一天，這可以表明我們有最大的勇氣。四個勝一個有什麼光榮的？」

我向出口走去。我已經聽到更多的貓來了。「走吧。」我對族貓說，「雖然這場戰鬥勝利了，但戰爭還沒有結束。」

夜語的話：
一隻無賴貓的故事

我出生在舊森林邊的兩腳獸地盤。我的母親是一隻流浪貓，從來沒提起自己曾與兩腳獸一起生活。不過，她的皮毛很柔軟，不難想像她曾住在一個紅石頭巢穴裡，是隻被寵壞了的胖寵物貓。

我和同窩手足在兩腳獸地盤高聳的牆壁之間，以及翠綠色的草地上互相打鬥，學會了打仗。但我們遠離狗和其他貓，只在晚上出來，那時小巷裡靜悄悄、空蕩蕩的。

等到我長大的時候，我的兩個哥哥在轟雷路上被怪獸踩死，妹妹選擇和兩腳獸一起生活。我有時能看到她伸開四肢躺在她的兩腳獸巢穴外面的白石頭地上，或者舔舐她那肥胖的肚子。她的皮毛鼻子有一股寵物貓食的臭味。只剩下我一個了。我從兩腳獸的殘羹剩飯中搜尋食物，躲避那些會為了爭奪一根骨頭而撕破我皮毛的貓。

有些貓會和我說話，在那樣的時候，我們

多半是都吃飽了肚子，或者餓得無力打架。他們告訴我說，他們是被影族驅逐出來的，因為違背了戰士守則，所以被趕出家園。他們給我講了戰士守則曾經怎樣讓他們生活平安、身體強壯，忠誠於同他們共享領地的貓。我羨慕那些貓，心裡暗想，這些被驅逐的貓真是些笨蛋，居然會拋棄他們曾經擁有的一切。

後來，另一隻貓來到兩腳獸地盤。他身形高大，皮毛顏色很深，寬闊肩膀上的肌肉如波浪般起伏。「我叫虎爪。」他告訴我們，「我需要你們的幫助。」

他和那些被驅逐的貓不一樣，他來自雷族。當時的雷族族長是藍星，她很軟弱。如果她死了，她的副族長虎爪就會接管雷族。藍星當時還關押著一隻英勇高尚的貓——影族的前任族長碎尾。他曾經是所有部族中最受敬畏的貓，但現在卻又瞎又可憐。「加入我的隊伍吧。」虎爪懇求道，「與我一起戰鬥，殺死藍星，雷族就由我們統領了。碎尾將得到應有的尊重，我們會使我們的部族比其他任何部族都更強大。我們的新族貓將會感謝我們除掉了他們那個脆弱多疑的族長，我們餘生都有吃有住。」他說話的時候，一直用那雙充滿激情的琥珀色眼睛看著我。我感覺皮毛刺麻起來。

「誰殺死火焰色皮毛的戰士火心，誰就將在我的部族中享有特別地位，成為我的副族長。」

我感覺自己彷彿終於回家了。我可以成為戰士，保衛自己的族貓，為我的族長效勞。我要贏得他的尊重！我要除掉那些削弱部族力量，讓我們的領地變得脆弱的貓！我要殺死火心！

我們跑過森林，我們的心已經被嗜血的渴望填滿。我們毛髮倒豎、憤恨這個愚蠢的部族，憤恨他們依賴那個失敗的族長，就像苔蘚依附腐樹一樣。虎爪帶領我們順著灌木下，一條幾乎看不出來的小路往前走。黑莓刺破我的耳朵，但我毫不在乎，甚至帶著鹹味的血從我的口鼻上流過時，我也沒去理會。為虎爪而戰，我要流的血將不止這些！

突然，我們前方的地面開始向下傾斜。虎爪衝進那個溪谷。溪谷中好像什麼東西都沒有，只有多刺的灌木和幾塊光滑的灰色大石頭。我們跟在他後面衝出荊豆通道，衝到那片沙質空地上。空地周圍都是灌木，空氣中有一股濃烈的貓味。一張張臉孔突然出現在我們周圍的灌木中，一雙雙眼睛都驚恐地大睜著。

「入侵者！」一隻母貓尖叫起來，猛地轉身消失在一叢黑莓刺中。我警惕地打量著那些凶險的荊棘，決定不跟著追進去。更多的貓從灌木下跳出來。他們個個皮毛光滑閃亮，身體結實強壯。這些一定就是雷族戰士，我想，但我只對其中一個感興趣。

我的目光掠過空地，尋找那隻火紅色的貓。我看到，綠色灌木前面只有虎斑貓和幾隻棕色貓。

「影族！有敵軍入侵！進攻！」虎爪吼道。我驚訝地看到，他向他身邊的那隻貓撲去，將他扭倒在地。我們剛才從森林裡跑過來時，這隻貓就一直跑在他身邊。

這是陷阱嗎？他把我們引誘到這裡來，讓他的族貓伏擊我們？我們對他們做過什麼，為何會受到這樣的懲罰？

然後，我意識到，虎爪的爪子插入他身下那隻貓的皮肉時，那隻貓並沒有痛得尖叫起來。事實上，虎爪的腳掌又圓又光滑，爪子根本沒有伸出來。當他向那隻貓的脖子上咬下去時，他的嘴唇也還包著利齒。這一定是計劃的一部分！虎爪想讓他的族貓相信，他正在與他們並肩戰鬥！

我周圍，兩腳獸地盤來的貓與雷族戰士扭打起來，揮舞爪子互相撕扯，嘶嗚聲和咆哮聲不絕於耳。空地那邊，一隻身體碩大、目光陰沉的黑色公貓跳到一隻泥巴色瘦小的貓背上，開始重擊他的耳朵。那一定就是碎尾。

我正要走過去幫他，但又停下腳步，因為一抹橙紅色從我的眼角閃過。我跳轉身，盯著那隻薑黃色公貓。他正從荊豆通道衝出來，向空地上衝去。火心！我邁開大步向他撞去，同時伸出前掌，在他腰上抓了一把。他尖叫起來，旋即轉身迎戰。他用那雙狂怒的綠眼睛瞪著我，齜牙咧嘴地向我衝來。我頭一擺，將他打向一旁，並將爪子插進他的一隻耳朵，我感覺到薄薄的肉被撕裂開來。火心向一旁倒去，將他淺橙色的肚子暴露出來。我只需用爪子這麼一劃，虎爪就會兌現他的承諾了……

這時，一陣疼痛從我的尾巴上傳來。我尖叫出聲，轉過身去，看到一隻金棕色公貓正用牙齒緊緊咬住我的尾巴尖。他看起來只比其他戰士小幾個月，臉龐周圍的毛還像小貓的毛髮一樣柔軟，但他堅定的眼神卻讓我膽寒。我想退開，但他就是不鬆口。尾巴上的劇痛讓我閉了一下眼睛。

我聽到，身後的火心已經爬起來，跑開了。我無法同時與他們倆作戰，只好拖著腳步走過空地，往荊豆通道走去。那隻年輕貓一直咬著我的尾巴，直到我感覺尾骨已經破裂。最後，我不顧一切地用力一拽，跑到通道口。那隻貓這才鬆開牙齒、跳開了。這時，我已經痛得頭暈目眩，急忙爬進通道，逃走了，身後拖著血淋淋的尾巴。

虎爪沒有打贏那場戰鬥。我好不容易才逃回兩腳獸地盤，在一堆臭烘烘的垃圾後面藏了兩天，嚇得不敢出去覓食或找水喝，害怕雷族戰士會找到我。

最後，一隻被驅逐的影族貓發現了我。他給我帶來一隻他在轟雷路邊上找到的死鳥，救了我一命。他說河那邊的戰士來了，幫忙把入侵貓趕了出去。虎爪已經在戰鬥發生一天後就被雷族驅逐出去，消失了。虎爪沒有再來找那隻影族貓，聽起來他好像很失望。

我在心裡告訴自己，最好遠離部族貓，過自己的生活，不用害怕尾巴被咬掉，眼珠被挖出來。但我無法忘記，那些雷族戰士齊心協力對抗我們時，是多麼的勇敢；我無法忘記他們的眼神，他們把自己突襲和捕殺獵物的技能全部用於保護族貓和自己的家園。我想成為那樣的貓，我想知道有別的貓在乎我，願意為我流血。那場可怕的戰鬥展現了這些貓身上最可貴的一面。他們永遠比我好。

虎爪再次來到兩腳獸地盤，這次是尋找一些貓去幫他接管影族。我跟他去了。我不知道他是否記得我參加過上次戰鬥，但他讓我加入了他的無賴貓戰鬥隊。我們一起向影族證明了我們的力量，於是影族同意我們成為他們的族貓。當虎爪宣布他將成為影族族長時，也沒有出現任何爭議。我終於找到了自己的位置，我永遠不後悔走上這條路。我還得到了戰士名號夜語。

儘管我的腳掌上沾滿鮮血，我仍試圖殺死你們知道的那隻叫火心的貓，為了能過上部族生活，我還願意重新再做一次。沒有什麼生活比戰士生活更美好，沒有什麼比戰鬥更能證明你的忠誠和勇氣。

灰紋的話：
驅逐狐狸之戰

真的嗎？你們想聽那場狐狸之戰的故事？偉大的星族啊！那已經是很久以前的事了，那時我們還住在森林裡。當時火星和沙暴已經離開了一段時間，作為雷族副族長，我負責管理。儘管有許多優秀的戰士幫我，但仍然會遇到麻煩。一群狐狸在四喬木下築了巢，但那裡是我們召開大集會的地方。

更糟糕的是，那些狐狸還在盜獵我們的獵物。狐狸通常獨居，或者與幾隻不安分的小狐狸住在一起，但這些狐狸好像有自己的部族，有巡邏隊阻止我們接近，還搶奪我們的食物。

在一次像現在這樣的大集會上，狀況終於發展到不得不解決的程度。那是一個禿葉季初期，一輪冷冷的滿月掛在天空。那天晚上，我們被迫在雷族領地上的蛇岩聚會。那裡離四喬木不遠，但在我們的領地深處，參會的部族貓不至於感到緊張。四族要應對狐狸，我想到了一個主意……

「族貓們，」我宣布說，感覺到腳下蛇岩的石頭冰冷濕滑，「我相信，如果我們齊心協力，一定能將狐狸驅逐出去。」

「從什麼時候起，副族長開始主持大集會了？」我聽到下面有個聲音在嘀咕。是風族的裂耳。

黑星站起來，他的白色皮毛在月光下閃著光：「灰紋現在是在代表雷族說話，因為火星……暫時不在。」

我知道，影族正在竭力弄清楚火星和沙暴去哪裡了。我無法告訴他們，因為我自己也不知道。但我相信火星，他告訴過我他們會懷疑。而且我不能讓其他任何部族懷疑，我不知道我的族長在哪裡。

「我們都知道，狐狸在牠們自己的巢穴中最具侵略性，因為牠們要保護小狐狸。」我開始說道。在那樣靜謐的夜空中，我的聲音聽上去虛弱無力，像小貓的尖叫聲。他們狩獵的時候更虛弱，因為那時牠們的注意力集中在別的東西上。我們應該在那時發起進攻，讓牠們知道，森林屬於我們，而且只屬於我們。」

「你的意思是打一場對抗狐狸的戰鬥？」貓群後面的一隻貓嘲諷道。我向陰影中瞥了一眼，但看不見是誰在說話。「我們會被生吞活剝的！」

幾隻貓低聲附和著。一時間，我感覺一股怒氣湧上心頭。難道這些貓寧願這樣袖手旁觀，眼看著狐狸盜獵我們的獵物，把我們從我們祖先無數個月圓之夜聚會的地點趕出去？

「我不是說我們應該與他們來一場正當的戰鬥。我們要集中每個部族的力量來教訓牠們。」我繼續說道，「與這些入侵者相比，我們更有優勢，我們接受過更多的訓練，掌握著更多的技巧，對森林更加熟悉。」

現在，我看到有些貓感興趣地點起頭來，我的幾隻族貓還鼓勵地吼了幾聲。現在已經沒有回頭路可走。我即將率領所有的貓來一場戰鬥，捍衛我們在家園中生存下去的權利。

「我聞到氣味了！」雲尾嘶聲說道。他那身厚厚的白色皮毛直立起來，像乾枯鳳尾蕨中的一抹白雪。因為這一點他很難隱藏自己，所以他的嗅覺比大多數族貓都靈敏。

風把我們周圍的棕色莖桿吹得沙沙響，我的耳朵裡彷彿一直有耳語聲。但這至少能掩蓋我們的聲音讓獵物不知道我們正向牠們逼近。

但這次戰鬥隊不是在搜狩獵物。相反，我們是在圍捕狐狸。

暮色將臨，天空灰暗陰沉，兩隻貓頭鷹的叫聲在空中迴盪。這正是狐狸出來尋覓、盜獵食物的時候。今晚，牠們即將發現，牠們自己成了狩獵對象！

雲尾循著那股臭味，沿著小溪岸上的雷族領地向前走。他一直把頭埋得很低，尾巴卻豎得筆直。我跟在他後面，鼠毛和她的見習生蛛掌以及亮心悄悄跟在我後面。從開始到現在，那道氣味蹤跡一直向小溪邊延伸，但我知道，狐狸和我們一樣，不喜歡打濕腳掌。

因此，當亮心在邊界的另一邊又聞出氣味時，我一點兒都不訝異。那是一塊狹長的河族領地，從河谷邊的橋一直延伸到四喬木。那裡的地面上亂石林立，長滿低矮的灌木，而不是樹木，是兔子和棲息在低處的鳥類最喜歡的地方。我頓時舒了一口氣。我非常希望狐狸到這裡來狩獵。這還意味著其他部族的埋伏地點是正確的。我開始意識到，我的計劃其實很依賴於狐狸是否會按我希望的去做。

前面突然響起一陣沙沙聲，警示我們已和牠們近在咫尺。很快，一叢山楂灌木後面閃出一道紅光，我們的目標出現了。

「鼠毛，抓到那隻兔子了嗎？」

表情陰鬱的棕毛戰士走上前來，嘴裡叼著一隻小兔子，還熱呼呼的，血腥味很濃。

「行動。」我命令道。

鼠毛悄悄走到那叢山楂旁邊，讓兔子的後腿拖到地上。當她慢慢地走開時，那團柔軟的棕白色毛團在塵土中留下一道印跡，空氣中彌漫著新鮮獵物的氣味。我帶領戰鬥隊的其他成員跟在鼠毛後面走過去，躲進一叢灌木之中。狐狸啊，狐狸，我默默地呼喚，你們聞到這麼美味的食物了嗎？山楂叢的樹枝擺動起來，好像什麼大東西正在下面轉身。我屏住呼吸。狐狸會上鈎嗎？我正在使用從虎星那裡學到的詭計。他當年就是利用死兔子把那群狗引誘到溪谷斜坡上的。斑臉就死在那次襲擊中。現在，鼠毛正冒著生命危險，不僅僅是為雷族，更是為了森林中的每一個部族。我曾主動要求去叼兔子，但鼠毛堅持要去。她說，她的速度比我快。她還說如果狐狸追得太近，她會毫不猶豫地扔下兔子，奪命狂奔。

腳下的沙堤微微顫動起來。我知道，狐狸已經聞到氣味，開始向鼠毛逼近。我希望牠們足夠笨，不會去想死兔子為什麼會動。我用尾巴示意鼠毛。她正用一隻眼睛瞄著我呢。她會意地開始加快腳，一直讓兔子拖在地上。她後面的腳步聲加快了。鼠毛轉過一道彎，離開雷族邊界，向風族邊界上的一片矮樹林跑去。狐狸緊隨其後。為了追上他們，我不得不奔跑起來。

灌木愈來愈少，樹林愈來愈近。出來啊！你們在哪裡？我絕望地想。愈來愈近，愈來愈近……鼠毛不能拖著兔子跑得再遠了！狐狸會追上她的……

「影族！進攻！」寂靜的空氣被貓咪的高嚇聲劃破。在黑星的率領之下，影族貓從樹林中衝出來。我和我的戰鬥隊伍在一塊布滿苔蘚的岩石後面停下腳步，不一會兒，鼠毛回到我們身邊，氣喘吁吁，眼睛放光。

「到現在為止，一切都太完美了！」她宣布道。

現在是讓影族大顯身手的時候了；伏擊戰。我們聽到，他們正在灌木中打鬥、嘶叫。先是一陣驚恐的叫聲，然後是身形沉重的動物逃竄的腳步聲，以及慌亂地攀爬岩石的刮擦聲。正如我所料，影族的伏擊戰讓狐狸們驚慌失措，向河邊逃去。殊不知，另一個震驚正等著牠們。鼠毛剛剛緩過氣來，我就從岩石後面衝出去，循著狐狸和影族貓的聲音追過去。正當河族貓從水中跳出來迎戰狐狸時，我也從岸邊的深草中跳了出來。河族副族長霧足衝在最前面。她目光凶狠，背上光滑的皮毛直立起來，耳朵平伏在頭頂。

一共有四隻成年狐狸。牠們滑動腳步停下來，立即又轉身逃跑，差點兒摔倒在濕滑的鵝卵石上。我聽到，在牠們那邊影族貓已經衝進蘆葦叢，留下一條回四喬木的通道。

「衝啊！」我回頭喊道。我跳落到岸上時，我的族貓也跳到我旁邊，加入河族戰士的行列，向狐狸追去。隨著震耳欲聾的嘩啦聲，影族戰鬥隊從蘆葦中鑽出來。我們排成一行，嚎叫著，鑽過被我們的獵物撞斷的矮樹，跳過被牠們踢翻的石頭，一路追去。

一個氣味陷阱，兩次伏擊戰，就為了把狐狸趕回牠們自己的領地？小寵物貓們，我看得出你們很不解。但那些都只是我的計劃的一部分。我們必須先讓狐狸遠離四喬木，盡可能讓他們精疲力竭。

同時，第四支戰鬥隊——風族戰鬥隊——負責直搗牠們的老巢。高星已經同意派出他最棒的地道伏擊貓，就是那些可以在高沼地的地下行動，在黑暗中和日光下行動同樣敏捷的貓。他們將把狐狸的小孩從巢穴中驅趕出來，圍困在我們以前召開大集會的那個空地中央。

當大橡樹的頂端從山谷頂上冒出來時，一聲沉痛的嚎叫告訴我。狐狸已經意識到牠們被暗算了。我發現，自己的腳步格外輕快起來，便加速跑上前，滑動腳步在斜坡頂上停下來。斜坡下面，狂怒的貓圍成一圈，把一群嚇得瑟瑟發抖的小狐狸圍在中間。眾貓背對小狐狸，齜牙咧嘴地面對著愈來愈近的成年狐狸。那道戰線上有四族的貓。我看到，我的族貓塵毛和蕨毛上前一步，逼得狐狸不敢再靠近。一股自豪感從我心中油然而生。我和其他貓走到斜坡腳下。我們滿意地看到：狐狸轉過身，露出牙齒，結果發現牠們已經被包圍。不過，我們現在仍然有危險，狐狸可能試圖與我們血戰到底。但我心中希望狐狸會擔心他們小狐狸的安全，不敢貿然向兩群貓發起進攻。那隻最大的狐狸是隻公狐狸，皮毛上有一團團深紅色的斑點。牠向我們走近一步，露出黃牙。我旁邊的蛛掌嚇得小聲嗚咽起來。我把尾巴放在他的腹部，想給他勇氣。

黑星走上前來。「離開我們的森林，你們的小孩就會平安無事。」他命令道。

那隻狐狸眨眨眼。我猜，牠聽不懂貓語，正如我們也不懂牠們那些難聽的叫聲和咆哮聲。但是，即使語言不通，黑星的意思也已經很明確了。

「是的，離開！」我附和道，並弓起背，口吐飛沫。斜坡腳下，全體戰鬥隊員都朝狐狸們露出牙齒，嚇得那個首領也直往後縮。狐狸首領回頭看了看，發現每隻包圍牠寶貝小狐狸的貓都伸出利爪，準備戰鬥。牠搖搖腦袋，彷彿正在抖落皮毛上的水。然後，牠嚎叫起來。牠身邊的狐狸都低下頭，伏下去，尾巴拖到地上。

我不敢相信這一切。狐狸投降！我們勝利了！我正想歡喜一聲，就聽到風族副族長泥爪在隊伍中喊道：「四喬木戰鬥隊，站到兩旁。」

那隊貓散開，走到山谷兩側。小狐狸立即向牠們的父母跑過去，嗚咽哀號起來。成年狐狸用尾巴把牠們摟到身邊，然後轉身看著我們。那隻公狐狸露出牙齒，伏下耳朵。但牠和我們一樣清楚，牠們別無選擇。部族貓已經證明，森林是屬於我們的。狐狸首領最後怒吼一聲，疾步向斜坡走去，牠的同伴們連忙跟上，小狐狸們跌跌撞撞地追上去。有那麼一會兒，在天空的映襯下，狐狸們的輪廓出現在山谷頂上，但很快，牠們就消失在山頂那邊。

黑星轉向我：「恭喜你，灰紋。火星一定會為你感到非常自豪。」

然後，其他貓簇擁到我身邊，在第一縷星光中歡慶勝利。我牢牢地站穩腳跟，沉浸在成功的喜悅中。四個部族團結在我身後，我率領他們贏得了戰爭。這場驅逐狐狸的戰爭已經勝利，四喬木又是我們的了！

Ⅳ

戰鬥中

一個悠久的傳統

長老們今晚的話可真多！啊，對不起，灰紋，我沒看到你在那裡。你好，寵物貓們。歡迎來到森林小島！

我叫霧星，河族族長。一星告訴我說，你們是來聽我們悠久的戰鬥傳統的。嗯，你們算是來對地方了，這裡的故事最精彩。但我希望你們已經明白，部族生活並不僅僅是戰鬥。戰士要接受很長時間的訓練，才能得到允許，為了保護族貓而去流血犧牲。

參加激烈的戰鬥可能讓你興奮不已，洋洋得意，但往往也會讓你嚇得眼睛發花。那些慘烈的叫聲和遍地屍體的畫面，可能在你心中停留數月。還有那種讓你刻骨銘心的時刻，例如看到一個狼狽逃跑的敵貓；讓你十分自豪的一記精準打擊；閃躲不及時受傷的刺痛；或者那聲讓你心情低落的「撤退」命令。

每一個見習生都渴望打仗，每一個戰士都記得第一次參加戰鬥的經歷。對於那些訓練極刻苦，經歷過大風大浪的貓來說，任何戰鬥都不會是最後一次。

每一名戰士都有值得講述的故事，值得紀念的戰鬥經歷。只是別讓他們把你們的胃口吊得太高。白翅可以和你們分享她的第一次戰鬥——就是那邊那隻和雷族戰士站在一起的白色母貓。看到了嗎？鼠毛可以跟你們說說一名叫獅心的戰士。他現在已經加入星族的行列了，但他不會介意你們聽到他也有缺乏勇氣的時候，這可以讓你們從中吸取教訓。然後，如果天亮以前還有時間，你們應該聽聽影族的杉心講的故事。在所有的戰士當中，他的記憶力最好。他會給你們講述一個雷族族長的故事。那位族長生活在數個月之前，他曾為了贏得和平而戰鬥過。

白翅的話：
我的第一次戰鬥

我參加的第一次戰鬥不是一次小衝突，不是因為有貓擅闖雷族邊界，或者盜獵了一隻獵物。敵方甚至不是貓，而是獾。牠們是一些巨大凶猛的傢伙，皮毛中好像籠罩著陰影，眼睛賊亮賊亮的。牠們那荊棘般鋒利的牙齒咬合的聲音，伴隨著族貓們尖厲的叫聲，現在還在我夢中迴響。那些不知廉恥、毫不尊重我們的勇氣和本領的傢伙，無情地撕扯、踩踏我的族貓。牠們是來復仇的，因為我們到湖區不久的時候，把一隻母獾和她的小獾驅逐出去。但是，牠們不想要領地，也不想要新鮮獵物，只想以血換血。

我最先看到了牠們。當時剛上完訓練課，我正和導師蕨毛一起回山谷。我終於學會了「高跳擒抱」，自豪地跳入空中。蕨毛當時一定痛苦不堪，因為在訓練時他無數次讓我跳到他背上，將他按倒。我爪子上還殘留著他的幾縷毛。我正盼望著把爪子洗乾淨，同時向母親亮心講述我剛學會的戰鬥技巧。我們快到營地時，太陽正沉入我們身後的湖中。蕨毛的皮毛在斜照的陽光中泛起粉金色的光。我餓得肚子咕咕叫，一想到新鮮獵物就直咽口水。

突然，我聽到那條廢棄轟雷路盡頭的鳳尾蕨中劈啪一聲響，馬上轉頭看去，以為會看到一隻族貓鑽出來。

我身邊的蕨毛立刻停下腳步。「白掌，到營地裡面去。」他命令道。

我把頭偏向一側，抬眼看著他：「為什麼？出什麼事啦？」

「快走！」他喝斥道。他的皮毛已經豎立起來，口鼻扭動著。他聞到什麼了嗎？

我張開嘴，深吸一口氣。一股酸臭的氣味直衝到我的喉頭深處。真討厭！我剛要問蕨毛那是什麼，就聽到鳳尾蕨響起來，一個又長又細的口鼻伸了出來。牠是黑色的，上面有寬闊的白條，頂端濕漉漉的，無論那傢伙是什麼，

牠那垂涎三尺的樣子都太可怕了。樹林中響起雷鳴般的聲音，不，不是雷聲，是咆哮聲，一種憤怒的低吼。而且，那聲音愈來愈大。鳳尾蕨中有一聲嚎叫響起。

「馬上進去！」蕨毛怒喝道，我轉頭就跑。我衝進荊棘通道，把耳朵緊貼在頭頂上，試圖堵住那響徹森林的嚎叫聲。那聲音穿透山谷四壁，像一道波浪往我身上打來，愈來愈近，愈來愈近……

蕨毛吃力地在我身邊奔跑，嚇得直喘大氣。我們跌跌撞撞地跑到營地中心。松鼠飛正從空地上跳起來，驚恐地睜大眼睛，看著我們身後的荊棘屏障被撞倒。

「獾來了！」她大聲喊道。

空地上的貓立即行動起來。我看到我的母親亮心從空地那邊向我飛奔而來。她那隻完好的眼睛瞪得如此之大，看起來幾乎成了白色。

她搖搖頭：「跟我來。我必須把黛西和她的小貓帶出營地。你可以和他們一起藏在懸崖頂上。」

我非常堅定地把腳掌穩在草地上：「不！我想留下來戰鬥。」

「別這麼鼠腦袋了。」亮心喝斥道，「這不是見習生該出現的地方，你快去安全的地方。」

我抬頭看著山谷頂上，那裡有濃密的灌木。「那裡可能也有獾。」我指出。

「你們快跟我一起躲進最密實的樹叢中！」我的母親嘶喊道，「別吵了，跟著我！」

「我想戰鬥！」我哀叫道。

一道白光一閃，雲尾出現在我身邊：「怎麼回事？」

「白掌必須和黛西以及她的小貓一起離開營地。」亮心告訴他。

「但我想留下來！」我怒聲說道。

「沒時間爭了！」亮心厲聲說，「你看到正在發生什麼事了嗎？」她用尾巴掃了一圈，指著空地。

我越過她的肩膀看到：空地上毛髮翻飛，到處閃動著牙齒和利爪的寒光。蛛足和黑毛正向一隻母獾發起進攻。他們跳上前，伸出爪子，在她耳朵上狠命一抓，又急忙跳開。母獾將巨大的腦袋向他們轉過去。

我轉頭看著母親。「讓我戰鬥吧。」我乞求道，「我的族貓需要我。」

「她說得對。」雲尾出乎意料地插話說，「她接受訓練就是為了戰鬥。我們現在需要能夠找到的全部戰士。」

「她還不是戰士！」亮心嘶喊道。我在她眼中看到了恐懼。她的小貓年紀幼小，沒有戰鬥經驗。

「如果我在這場戰鬥中活下來，那我就是戰士了。」我低聲說道。

母親看著我，然後點點頭。「雲尾，別讓她離開你的視線。」她命令道，但眼睛仍然看著我。然後，她轉過身，向育兒室衝去。松鼠飛正在那裡守衛著。

雲尾張嘴想要說什麼時，一個巨大的陰影籠罩到他身上。他抬起頭，猛地閉上嘴。一隻獾正虎視眈眈地看著我們，那又小又黑的眼睛裡閃動著仇恨的光。牠咆哮著伸出一隻前掌，一掌將雲尾打飛在空地上。我向後退去，拚命回想學過的戰鬥動作，但腦子裡一片空白，只能感覺到腳掌還踩在地面上，尾巴尖正從黑莓上刷過。我可以想像，在那些墨綠色荊棘的襯托下，我看起來一定異常蒼白，我的白色皮毛亮得如同滿月。

我在這裡！來吃我吧！那隻貛張開嘴，露出尖尖的黃牙和低垂的紅舌頭。我不知道貛的牙齒咬下來時是否會很疼。一切好像都安靜了下來。其他的戰鬥是否已經結束了？

「別碰她！」貛身後的什麼地方響起一聲驚叫。一個沉重的身體撲到那傢伙的肩膀上。是雲尾！那隻貛退後一步，伸長脖子想咬他。

打鬥聲在我的耳朵裡轟鳴，腳下的地面在顫抖，一隻貓轟然倒在山谷中。我伸出爪子，跳起來，去抓那兩隻捲曲的耳朵。貛像貓一樣，耳朵那裡的皮毛最薄。

因此，我很有可能抓破牠的皮膚。我猛擊

牠頭部的一側，還試圖抱住牠的頭。但我的腳掌無法抓牢那臭烘烘的黑色皮毛。我低頭看去，這才驚恐地意識到，我的爪子中仍然塞滿了上訓練課時留下的蕨毛的毛，我無法將爪子插進那隻獾的皮肉。

我轟的一聲向後倒在地上，感覺一隻尖尖的口鼻正向我伸來，那隻獾想低頭來咬我，但牠的脖子太短太粗。牠的腿也太短，無法踢到耳朵。我瘋狂地用牙齒緊緊咬著爪子，把那些毛扯出來。然後我就地一滾，滾進獾的前後腿之間。獾弓起身子，低頭尋找我，我趁機再次跳起來抓牠的耳朵。這次，我的爪子插進獾那柔軟的皮膚。我重力往下插，並用後腿踢打獾的肩膀。

雲尾正在那傢伙的另一邊。他驚愕地抬頭看著我。

「去幫亮心！」我尖聲喊道，「你們必須把黛西的小貓弄出去！」

令我欣慰的是，他立即轉身消失在混戰的貓群中。獾聳立在貓群中間，就像漩動的棕色和虎斑色湖水中的一個個黑白色小島。我爪下的那隻獾埋下頭，身體往下伏，試圖擺脫我。我把爪子從牠耳朵中抽出來。一股鮮血向我的眼睛飛濺過來，我向後一縮，急忙跳開。那隻獾轟地一聲倒在地上。

從沒感覺過如此精神抖擻。山谷邊，松鼠飛正帶著黛西由一條很小的路往懸崖頂上走。亮心、雲尾和黑莓掌跟在後面，各自叼著黛西的一隻小貓。星族啊，庇佑他們安全吧，我在心裡祈禱著。

「白掌！」懸崖底下傳來一聲哀號。我看到與我同巢穴的樺掌正蜷縮在那裡，背靠著岩石。一隻獾步伐緩慢地向他走去，因為知道獵物無處可逃。

「樺掌，向上爬！」我大吼道。我們目光相遇。他那雙巨大的黑眼睛裡滿是恐懼。一時間，我還以為他已經被嚇呆在那裡。但緊接著他轉過身，開始用前掌往岩石上爬。

我看到他頭頂上方一隻老鼠身長的地方有一個落腳處，就喊道：「再爬高點！」樺掌用後腳將身體支撐起來，並將爪子插入懸崖上的那道裂縫中。然後，他吃力地將身體向上一撐攀在懸崖上，但腰部還在後面晃蕩。

「繼續爬啊！再爬高點！」我咬牙切齒地說，但我知道，他現在已經聽不見我的聲音了。

突然，樺掌奇蹟般地找到一個地方，用後掌緊緊抓住，開始向懸崖更高處爬去。但後來，他的前腿一扭，爪子從石縫中滑出來。我驚恐地看著同窩伙伴向下滑，滑向那隻獾。醜陋的傢伙正抬起一隻腳掌等在那裡，準備一掌將他打死。

「樺掌！」我尖叫起來，閉上眼睛，等著聽到最後一擊落下的聲音。

不過，我聽到那隻獾咆哮起來，但不是勝利的歡呼，而是憤怒的吼叫。我睜開眼睛，看到那傢伙正趴在懸崖底部的一道裂縫上。石縫裡有一團淺棕色皮毛。

我這才發現，不知如何，樺掌已經擠進縫裡讓獾抓不到的地方。他們很快就會將那塊石頭撕裂，撲到樺掌身上……

我三步就跳到那隻獾旁邊，在牠腰臀部蹲伏下來。高跳擒抱，這是我唯一能對那傢伙造成傷害的辦法。趁牠現在還沒注意到，快跳。

「救命啊！」樺掌在微小的藏身處哀號道。

我後掌猛地向下一蹬，跳起來，落到獾身上，四隻腳掌分別騎在獾的脊背兩側。我用盡全身力氣，將爪子插進那又厚又硬的皮毛中。那傢伙暴跳起來，還扭頭試圖來咬我，但我一直壓低身子。但是，我不能只是一直這樣騎在牠身上。我需要給牠最大的傷害，才能把牠從樺掌身邊引開。

當那隻獾把頭扭過來時，我把後爪插得更深一些，抽出一隻前掌，準備狠狠地向牠臉上打去。可是，我的腳掌卻打空了，差點兒失去平衡，我急忙穩住身子，又試了一次。這次，我滿意地感覺到前爪終於碰到獾的臉頰，我用力一扭，在那傢伙的臉上撕開一道長長的傷口，從眼角一直到下巴。

那傢伙痛得嚎叫起來，拖著腳步從懸崖下跑開。我用眼角的餘光看到樺掌從岩縫中爬了出來。他的身後留下一道血印，臉也腫得老高，但他還活著。他的母親蕨雲向他衝過來，用身體護住他，母子倆一起向山谷邊逃去。

那隻獾口吐飛沫，還在瞎衝。我牢牢地騎在它的背上。你竟然想殺死我的朋友！我已經救了樺掌的命，但現在還沒有時間享受勝利的喜悅。我用爪子抓了一次又一次，直到爪縫間全是黑白色的皮毛。我在獾身上留下了一道道深深的傷痕。

那傢伙開始跪倒下去，我繃緊肌肉，做好準備，等他試圖翻滾身體將我壓扁的時候，我便馬上跳開。獾將口鼻抵在地上，長長地呻吟一聲，趴到地上。我繼續伏在牠背上，不知道這是不是牠的什麼新花招。

「白掌，下來！」是塵毛在喊。他正向那邊的一叢山楂灌木走去，剛走到一半。「你已經成功了！」

我暈暈乎乎地跳到地上，盯著我的對手。牠的眼睛半開半閉，呼吸又急又淺。我真的殺死了一隻獾？

這時，我突然感覺有牙齒咬進我的後頸背，嚇得我驚叫起來。

「離開牠！牠還沒死！」塵毛在我耳邊嘶聲說道，並把我拉開，「但你已經把牠打暈了。真棒。到這裡來，別走開。」

他把我帶到那棵山楂樹下，把我推進樹枝中間。

我抱住一根搖搖晃晃的小樹枝，慢慢地緩過氣來，看著樹枝外面的山谷。石壁上已經血跡斑斑，草地上到處都是翻騰的身體。我還看到了一些不祥的毛團，一定有貓倒在那些地方，沒能再站起來。由於剛才的搏鬥使我的腿很疼，眼睛也被腐臭的獾血刺得好痛，但我不能待在這裡。我的族貓需要我。

我從樹上爬下來，跑進空地。一隻獾立刻向我衝來，牠的一隻耳朵幾乎已被完全撕掉。我不知道這是否就是戰鬥開始時，襲擊過我和雲尾的那隻獾。我突然轉向，向荊棘屏障逃去，或者該說是荊棘屏障的殘骸，因為它已經被獾撞倒了。一道陰影籠罩下來。我抬頭看到一張狹長的黑白面孔，試圖躲開，但我的一隻腳掌被卡在黑莓叢裡了。我伏倒在地，哀號起來。

「星族啊，幫幫我！」

我聽到重重的腳步聲，松鼠飛跳到我身邊。她已經舉起前掌，我等著她打下去，但她卻停下來。我悄悄向上看去，看到每隻貓正驚訝地盯著那隻眼看就要吃掉我的獾。然後，她用一種奇怪的高音說：「白掌，沒事了。這是午夜。」

部族貓被舊森林趕出來時，正是這隻獾告訴部族該去哪裡尋找新家園。她來幫助我們了。她還從風族帶來了戰士。風族戰士個個精神抖擻，渴望勝利。他們與雷族貓並肩戰鬥，把獾驅逐出去，在那些入侵者身上留下的無數傷痕，會讓他們永遠記住我們。我們打贏戰鬥，但代價慘重。黑毛、煤皮都死在那場戰鬥。

那天，每一隻雷族貓都是英雄。有時，我覺得我的皮毛上似乎還有血腥味。我獨自在樹林中狩獵時，只要聽到沙沙聲，就會想到那些向我的家衝來的獾。是我們的戰鬥技巧救了我們，如果有必要，我們還會使用這些技巧。

鼠毛的話：
臨陣脫逃的見習生

那次戰鬥發生在舊森林轟雷路旁的邊界上。我們的領地到那裡結束，影族領地從另一邊開始。獅掌正在進行邊界巡邏，與他同行的是他的老導師捷風、他的同窩伙伴藍掌以及藍掌的導師雷族副族長陽落。影族的氣味很濃，濃得好像順著風從轟雷路上飄了過來。但那時是新葉季初期，空氣寒冷，天空灰濛濛的，幾乎沒有風。陽落已經帶著巡邏隊走到轟雷路邊上，仔細嗅了每一叢灌木，搜尋入侵者的氣味。

「嘿，看看什麼來了！」一棵山毛櫸下傳來一聲吼叫，「巡邏隊！哎喲，我被嚇倒了！」

一隻耀眼的薑黃色公貓走上前來，堵住巡邏隊的去路。他的嘴唇向後縮著。

陽落停下腳步，讓自己脖子上的毛直立起來。「狐心，你越過邊界了。」他怒吼道，「你在轟雷路這邊幹什麼？」

狐心回頭看看他的族貓：「偉大的星族啊，這些戰士問的問題真難回答！我在這裡幹什麼，鴉尾？」

一隻瘦骨嶙峋的母貓把頭偏向一邊，假裝思考。然後，她揚起頭：「我想起來了！我們在狩獵。」

獅掌氣得咬牙切齒。那隻母貓直視他的方式，讓他感覺她的獵物就是雷族見習生。他看看捷風，但她正在怒視著入侵者，尾巴僵硬地卷到背上。

一隻小個子白色公貓走上前，站到鴉尾旁邊。他臉上的小貓絨毛還未褪盡。「我們在追逐一隻兔子。」他宣布道，「是從我們領地上跑過來的，因此，牠還是我們的。」

「夠了，雲掌。」一抹憤怒的神色從狐心臉上掠過。獅掌不知道那個見習生稍後會不會因為亂說話而受到懲罰。「我們不用為自己的行為解釋。」

這時，另一隻貓出現了。他的深灰色皮毛十分易於在樹影中隱藏，「對。雷族巡邏隊嚇不倒我們。」

「恰恰相反！」藍掌伸出爪子，喵聲說道，「我們才不怕你們！」

獅掌側眼看著同窩伙伴。真的嗎？你不怕？他又回頭看著影族貓。他們都比他的個子大，長長的爪子彎曲著，肩膀強健有力。而且，他們眼神中閃動的，絕對不僅僅是對新鮮獵物的渴望。

陽落揚起頭：「馬上自動離開，我們就當這事沒發生過。」

「不然呢？」狐心陰鬱地問道。

「不然我們就親自讓你們離開！」捷風露出牙齒，上前一步。

狐心嘶鳴一聲。「哈，我正想享受一番呢。」他嘟囔道。他的目光落在獅掌身上：「我先從那團發抖的毛球開始。我會把他的耳朵撕掉，以免他聽到自己痛苦的嚎叫聲。然後，我再把他的口鼻抓爛，直到他乞求我盡快結束他的痛苦。」

陽落嚎叫一聲，向那隻影族貓撲去。捷風跳上前，站到他身旁，藍掌蹲伏下來，爪子已經伸出來。獅掌的視野漸漸模糊，血液在耳朵裡轟鳴。他打不過這些貓！星族啊，救救我！

獅掌感到腳掌麻木，還不停地顫抖。他吃力地轉過身，慌亂地從潮濕的森林地面上跑開了。他只想跑得遠遠的，遠離這些可怕的貓。

突然，一根圓木出現在他面前，他撞到了皺紋很深的灰色樹皮上，搖搖晃晃地後退幾步，咚的一聲坐到地上，頭暈目眩，鼻青面腫。他想往哪裡跑？他不能離開領地。那能去哪裡？他將怎樣生活下來？但他也不能回營地去。族貓們會知道他被嚇得不敢迎戰影族，他甚至不會被允許回去。松星可能放逐他！面對最凶猛的敵貓時，戰士應該有勇氣，但獅掌卻沒有。

冰冷的雨滴開始落下，打在他的皮毛上，讓他顫抖起來。他環顧四周，意識到他已經跑到蛇岩了。空地中央就是蛙蛇居住的那堆搖搖欲墜的灰色石頭。不過牠們只在熱天出來。在禿葉季初，蛇已經藏起來，部族貓可以安全地在這裡狩獵還可以在這見藏身。獅掌看到岩石腳下的一個入口，便小跑過去。那個洞深不見底。洞裡有一股狐狸的氣味，儘管已經不新鮮了，但仍然很臭。

獅掌聽到洞裡沒什麼動靜。他可以在這裡待一會兒，也許還可以捕到一些吃的，然後再想想下一步該怎麼辦。他擠進洞口，躺在光禿禿的地上，背靠著岩石。與他在見習生窩裡的苔蘚相比，這裡又冷又不舒服。但他沒讓自己去多想這些。既然現在他已經不能再成為部族貓了，那他就必須慢慢適應自己尋找住處。

他沒想要在那裡睡著。但當他醒來再次向洞口外看去時，森林已經籠罩在陰影中，幾顆星星在樹枝間閃爍。獅掌低頭看著腳掌，羞愧得皮毛灼熱。他的戰士祖靈正在低頭看著他，為他逃離戰場而憤怒嗎？或者，他們也為他感到羞愧，因為他竟然辜負了族貓，違背了戰士守則；又或者，他們為他感到遺憾，沒想到他竟然是個如此可憐、無用的見習生，竟然不敢堅守陣地，迎戰幾隻入侵的貓？

空地那邊響起一陣沙沙聲。獅掌渾身一緊，豎起毛髮。那些影族貓已經追蹤而來，像他們威脅的那樣來消滅他嗎？或者，是一隻肚子餓的狐狸在覓食？獅掌開始慢慢一步步地向洞裡退去。

「獅掌，你在那裡嗎？」

「我剛才肯定嗅到他的氣味了。但空地上更難嗅出氣味。」

「繼續找啊，但願他還沒有離開領地。」

獅掌眨眨眼睛。是捷風和藍掌在找他！他更深入地縮到岩石下面。他們會因為他的逃跑而懲罰他嗎？然後，他厭惡地撇撇嘴。你這是在幹什麼？怕自己的族貓？也許你是個膽小鬼，不敢迎戰影族，但你能夠站出來接受懲罰！

他盡力不讓自己顫抖，慢慢地從洞裡爬出來。黑暗中，兩隻貓的身影隱約可見。

「捷風！我聞到他的氣味了！」藍掌興奮地說道。

「我在這裡。」獅掌聲音嘶啞地說。

他沒有聽到腳步聲。但轉瞬間，他便感覺到捷風和藍掌已經出現在身旁，正用溫暖的皮毛貼緊他的腹部，喉嚨裡還發出很大的呼嚕聲，比蜜蜂的嗡嗡聲還要響。

「啊，感謝星族，我們終於找到你了！」捷風說道，「你這個愚蠢的鼠腦袋。我們擔心死了！」

「你還錯過了一場好戲！」藍掌嘰嘰喳喳地說，「蛇牙和薊掌及時趕到了。我們把那些影族貓狠狠地揍了一頓，讓他們學到教訓！我簡直不敢相信，他們竟然會以為，我們會讓他們在我們的領地上狩獵。」

獅掌挪開身體，低下頭。突然，他脫口而出：「對不起，我今天逃跑了，你們是來懲罰我的嗎？」

捷風頓時一楞。獅掌可以感覺到，她正透過半明半暗的光線打量他，「懲罰你？」

「是啊，懲罰我膽小！」

這時，獅掌聽到一陣沙沙聲，感覺到老師在舔他的耳朵：「獅掌，每一隻貓都會有膽小的時候，甚至最強壯的戰士也不例外。」

「是的，我今天都感到有點害怕！」藍掌補充說。

捷風的呼吸溫暖地吹拂到獅掌的耳朵上：「你不應該跑掉的。你應該相信你的族貓可以保護你。你真的認為我會讓任何一隻貓傷害你嗎？如果我還沒有教會我的見習生該怎樣照顧自己，就讓他加入戰鬥，那我一定是個很沒用的導師。」

「但萬一我一直害怕打仗呢？」獅掌小聲問道，「如果那樣的話，我就不能成為戰士了。」

捷風發出呼嚕聲：「如果你感覺不到任何恐懼，也就永遠感覺不到真正的勇敢。如果不知道自己面臨的是什麼，就不能明白什麼是勇氣。給我時間，我會教你怎樣戰鬥和自衛，如何利用敵貓的塊頭和體重來懲罰他們。然後，你就能在自己身上找到勇氣了。」

她走到一邊，但獅掌仍然感到她的皮毛還靠在自己的腹部上。「現在，回營地去。」

她輕快地說，「我敢打賭，你一整天都沒吃東西了。松星想和你談談——」獅掌緊張地吞咽著口水，「但他不會懲罰你。我敢保證，總有一天，你會成為一名偉大的戰士。」她開始走過空地，獅掌急忙跑步，內心裡暖洋洋的，充滿了對族貓的愛。

也許捷風說得對：因為他已經知道什麼是真正的恐懼，他就會更清楚勇氣的含意。等他自己有見習生的時候，他也會告訴他們，有時害怕並沒什麼。實際上，那還是最棒的戰士的一個標誌。

杉心的話：
迫求和平的族長

大集會就要開始了，不是在這個島上，而是在舊森林裡四喬木所在的山谷中。雷族族長晨星站在橡樹的大岩石上，他的聲音在冰冷的空氣中迴響：「如果五個部族都到了，大集會就開始！」

下面響起一陣低語聲和腳步聲，前來參加的貓紛紛在族貓中間找地方坐下，怒視著膽敢向自己部族靠得太近的其他部族。

晨星不耐煩地等待著，感覺腳掌已經凍在石頭上了。他身後，其他族長也在不停地挪動著腰。岩石太冷，坐在上面痛苦死了。但每次只能有一個族長站起來對部族貓講話。

「各部族的貓們，風族在偷盜我們的獵物！」晨星宣布說。

「什麼！你竟敢指責我們？」下方傳來一聲嘶喊。風族族長兔星從岩石後面發出一聲嘶鳴。

晨星瞪視著風族。「真沒想到風族竟然還要抵賴。」他繼續說道，「他們知道我沒有說謊。我們已經很多次在我們領地靠邊界的地方看到風族戰士，他們在追捕田鼠和老鼠，而不是兔子。不過我現在也不是要向他們宣戰。」風族貓立即發出一陣驚嘆。「我不怕和他們打仗！」一名雷族戰士咆哮道。

晨星嘆息一聲：「我知道你不怕，櫸毛。但我們沒有挑戰他們的資本。我們的部族前所未有地脆弱，比在過去任何一個禿葉季節中都更脆弱。」

他的族貓發出一陣抗議。「不，晨星！你不能那樣說！」

「你想讓森林裡的每個部族都只顧自己嗎？」

「你為什麼要這樣做？」晨星沒有理會他們，繼續說道：「我們最近出生的小貓太多。應該把食物讓給貓后，我們的長老已經開始拒絕進食。我們甚至要靠吃轟雷路邊發現的鴉食活下去，因為我們太虛弱，無力捕獲新鮮獵物。」

「晨星，別說了！你是在糟蹋我們！」他的副族長葉風怒吼道。她就坐在大岩石下邊。從月光投下的陰影中，晨星可以看到她正用後腿支起身子，伸長脖子想看到岩石頂上的他。

「我不想我的部族打仗。」晨星說道，「相反，我們應該與其他部族共享獵物，互相幫助，共度禿葉季的難關，直到我們狩獵地上的獵物豐盛起來。如果大家能團結，就可以度過難關。」

河族族長柳星跳起來，說道：「雷族挨餓關我什麼事，我只忠於自己的族貓！晨星，如果你以為我們會同意你的建議，那你就是個傻瓜。河族不會和其他部族分享我們的獵物。」

兔星也跳起來：「我的族貓才不會吃你們那些黏乎乎的魚呢，我們寧願挨餓！」

影族的莎草星更為鎮靜地說：「我的部族比你們的都大，因此我們無法和你們分享任何新鮮獵物。我們自己吃食的貓就有很多，不能為了幫助敵貓而讓自己的貓挨餓。」

天族族長茴香星點點頭：「我們的戰士祖靈是根據我們的本領給予我們領地的。我們得靠自己在這片領地上生存下來。晨星，如果你不能用自己邊界以內的食物養活你的部族，那就是在丟祖先的臉。」

「也許這是星族的考驗。」兔星暗示道，「森林中有太多軟弱的貓，只有最強壯的部族才有資格生存。」他瞥了晨星一眼，「我想說的是，我的部族現在做得還不錯。」

晨星搖搖頭：「我無法相信，我們的祖先會以讓我們挨餓的方式來證明一個觀點。」

「如果你們無法捍衛自己的邊界，當然會讓自己挨餓。」柳星故作矜持地說。

晨星再次看著兔星，說道：「如果你選擇繼續從我的領地上偷盜獵物，你就是在違背戰士守則。我的部族現在太虛弱，無法戰勝你們。我請求你們的同情，直到我們的獵物重新活躍起來。」

「老貓，弱者是你們。」兔星不屑地說，「你最好開始到處嗅嗅，看能不能找到鴉食，因為你們暫時沒有任何新鮮獵物了。」

晨星開始小心地從大岩石上往下走。通常，他會大步跳下來，但現在他已經餓得腿都打顫。他已經記不起上一次進食是什麼時候。在雷族，把食物留給貓后吃的不僅僅是長老。「我沒什麼好說的。」他轉頭說道，「我們的命運掌握在你們手裡。」

他搖搖晃晃地從族貓中走過。那些貓像草叢一樣，紛紛倒向一旁，讓他通過。他的族貓正在斜坡腳下等著他。他們個個毛髮倒豎，眼裡閃著怒光。晨星從他們中間擠過去，帶領他們走出山谷，沒給他們說話的機會。葉風氣喘吁吁地追上他。

「你瘋了嗎?你剛才的話代表了，邀請每一個部族來隨意侵犯我們的領地，盜獵我們的獵物！」她怒不可遏。一時間晨星看到她爪子在月光下閃著微光。

「我們不會為了這件事和風族打仗。」他重複說道，「明天，我想讓你帶一隊戰士再去和兔星談談。我們太虛弱，不能用武力解決問題。如果我們現在發動攻擊，第一仗就會失去一半的族貓。你看不出我是想保護我們的部族嗎?」

葉風怒視著他，那雙綠眼彷彿要噴出火來：「我看到的只是一個害怕打仗的族長！」

晨星剛要爭辯，但那隻薑黃色母貓已經跳到他前面，走進樹叢裡去了。幾個戰士尾隨她而去，把晨星獨自留在冷冷的森林裡。突然，他聽到身後傳來沉重的喘氣聲，急忙回過頭去。原來是長老蛾鬚正步履蹣跚地跟上來。晨星停下來等他。

蛾鬚緩過氣來之後，說道：「謝謝。」兩隻貓緩步前行，呼出的熱氣在身邊繚繞。

「你在大集會上說的話是認真的？」蛾鬚怒聲說。

「是的。」晨星回答，「雷族現在太虛弱，不能打仗。」他期待蛾鬚會贊同他的意見。因為長老比大多數貓都更清楚戰士的生命有多脆弱，空著肚子打仗有多危險。

但蛾鬚卻在搖頭。「你錯了，晨星。」他低聲說，「對，我們是很虛弱，但你不應該讓風族知道。他們一定也很餓，不然就不會來偷我們的獵物。我們應該突襲他們，直接向他們的營地發起進攻，讓他們看到，雷族邊界一如既往的不可侵犯。」

晨星停下腳步，轉頭看著老公貓。「我不會率領我的部族去打不必要的仗！」他厲聲說道。此時，他的記憶突然活躍起來。他想起了一隻淺棕色皮毛、琥珀色眼睛、白色前掌的虎斑貓，彷彿她正從齊膝深的積雪中走出來。他最後一次看到她時，她已經被自己的鮮血浸透，腳掌上再也看不到一根白毛。她就是那樣死去的，保護性地用尾巴環繞著微凸的肚子。肚子裡有她的小貓，也是他的小貓！晨星一直不知道是哪個影族戰士打出了那致命的一擊。不管怎樣復仇都沒什麼用？這並不能讓她活過來。

「我們就是在一場根本不該打的戰鬥中失去鳴鳥的。」他嘶聲說道，「我們並沒有證據證明，影族把那隻狐狸趕到我們的領地上來了。但我們耗費了太多的精力去驅逐牠。同樣，我也是出於愚蠢的驕傲，才派戰鬥隊去進攻影族。」

「族長必須為自己的部族感到驕傲。」蛾鬚嘀咕道，「難道你更願意為我們感到羞恥嗎？告訴每一個部族，我們虛弱得不能再捍衛自己的邊界？」

晨星又開始往前走。「我不為任何一隻貓感到羞恥！」他咆哮道，「你不會明白的。我已經作出決定，就這麼簡單。」

第二天葉風回來時，腹部有一道很大的傷口。巫醫梨鼻正竭力讓它閉合起來。與葉風一起去風族的戰士們都受了傷。戰鬥隊剛剛越過邊界，就遭到風族貓的襲擊。葉風懷疑他們一直就埋伏在那裡。

「我們根本沒辦法打贏他們。」她憤憤地說。梨鼻把一團蜘蛛網按在她的傷口上，她咬緊牙關：「他們的數量比我們多得多，而且身材肥胖靠的卻是吃我們的獵物！」

「在他們發起襲擊之前，我們根本沒聞出他們的氣味，因為他們在用我們的氣味做掩護。」松掌補充道。他的一隻耳朵被連根扯掉，深棕色的皮毛上滿是猩紅的血斑。

「我們不如讓他們住在這裡算了，這樣他們狩獵就更方便些！」羽翅吼道。這隻淺灰色母貓的一隻眼睛已經腫得睜不開，臉頰上布滿爪痕。

「對不起。」晨星說，「風族貓顯然不懂得尊重。」他朝通往空地的鳳尾蕨通道走去。

「他們當然不懂得尊重，因為他們就是一群賊！」葉風在他身後喊道，並突然劇烈地咳嗽起來，大口喘著氣。

晨星頓時一驚。葉風已經咳嗽好幾天了。他曾建議她別去參加大集會，但她堅持要去。他還以為她好些了。晨星走到空地上之後，梨鼻從通道中跑出來，走到他身邊。這隻棕色虎斑貓神情異常嚴肅。

「晨星，我們能談談嗎？我的意思是，私下談。」

「當然。」晨星把她帶到他在高岩下的洞穴中。他們掀開苔蘚簾，巫醫優雅地在晨星窩對面的沙質地面上坐下。

「我想，葉風患上綠咳症了。」她說道。

晨星驚愕地盯著她：「但……但她今天還去了風族！還參加戰鬥！」

梨鼻瞇起眼睛：「她根本不應該做那些事，昨晚也不應該去參加大集會。她已經病了一個多月。我警告過她，如果不休息，病情會加重的。但你知道，她每天都去狩獵，往往一天去兩、三次。而且，自從苔心的小貓出生以來，我就沒看到她吃過任何東西。」晨星的肩膀垂了下去。族貓正在漸漸靠近死亡，他卻無力保護他們。

棒毛從苔蘚簾中探出頭問道：「對不起，晨星。我不知道，你是否想讓我帶巡邏隊出去？苔心說葉風病了。」

晨星抬起頭。「停止邊界巡邏。」他命令道，「我想讓每一個戰士，每一個見習生都去尋找食物。如果沒東西吃，我們都會生病的。」

棒毛瞪大眼睛：「什……什麼？完全不進行邊界巡邏了？但……風族和天族會把一切都拿走的！」

「我們先拿，他們就拿不走了。別浪費時間！快去吧！」晨星尾巴一擺，把戰士打發走開。苔蘚簾子還在擺動，他轉頭看著梨鼻，嘆息道：「你是不是也想告訴我，我的決定是錯誤的？」

巫醫搖搖頭：「晨星，你對我應該更瞭解吧。就算把森林裡的老鼠全部給我，我也不會和你交換位置。你的路比我寂寞得多，如果換成我，我將無法忍受。現在，我必須走了，我得讓閑掌到兩腳獸地盤邊上去找貓薄荷。如果我們運氣好，可能還有些藥草沒有被寒霜凍死。」

說完，她悄悄地從族長洞穴中走出去。葉風的咳嗽聲從空地那邊傳來，撕裂了空氣。晨星吃力地站了起來。他的狩獵本領與任何一名戰士一樣高強。他要去找點什麼東西給葉風吃，讓她恢復力氣：她已經瘦了許多，他早就該發現的。無論戰鬥與否，他都需要副族長在自己的身邊。

七八天過去了。族貓們現在已經很難想起獵物堆本來的位置了。無論捕到什麼獵物，都會被立即吃光。貓后最先吃，然後戰士吃，然後輪到見習生。晨星親自負責替葉風餵食。她試圖拒絕，但他威脅說，如果她不吃東西，他便會用身體去撞她腰間的傷口。現在，他站在那裡，盯著一團黑乎乎的羽毛發呆。那可能曾經是一隻鳥，但已經四分五裂凍得硬梆梆的跟一塊木頭差不多。

「你們就只能找到這個？」他問道。

松掌撇撇嘴：「噢。外面到處都是松鼠和老鼠，但我以為你更喜歡吃這個。」

晨星直往後縮：「好吧，我知道你們盡力了。」

「但風族現在過得比我們好！」羽翅爭辯道，「他們甚至都不迴避我們了！他們昂首闊步地走進我們的領地，圍捕我們的獵物，彷彿我們才是不受歡迎的訪客。」

「我今天早晨順著邊界走了一圈，尋找藥草。我甚至分辨不出我們的氣味標記應該在什麼位置。」梨鼻的見習生閑掌插話道。

「你給了風族一個同情我們的機會。」棒毛較溫和地說，「可他們絲毫不同情我們。其實我們才最應該停止對他們的憐憫。」

晨星咬緊牙關。星族啊，你為什麼要毀滅我的部族？我只想讓他們平安！

空地旁的鳳尾蕨搖動起來。梨鼻衝進空地。「葉風死了！」她哀號道。

晨星不敢置信地看著她：「不……！那個生性勇敢、喜歡爭吵、思維敏捷的副族長不可能死了，不可能死於綠咳症。」

「她太瘦，抵抗不了感染的侵襲。」梨鼻伏在他耳邊低聲說道，她呼出的熱氣吹拂著他的耳朵。

「你的意思是，我害死了她。」晨星怒聲說。

梨鼻驚恐地退開：「不是！你親自餵她，但她病得太厲害。求求你，別自責了。」

「葉風本想死在戰場上的。」他身邊的另一個聲音耳語道。

晨星猛地轉過身，鼻孔扭動起來，因為他聞到了熟悉的香甜的氣味。鳴鳥？

「至少，我得到了那個機會。」那個聲音繼續說。

晨星眯起眼睛，彷彿看到了那隻棕色虎斑母貓模糊的輪廓。他還看到，他的戰士們正站在鳴鳥身後，關切地看著他，彷彿不知道他剛才看到了什麼。

「鳴鳥。」他無聲地說。

「讓你的戰士去戰鬥吧。」她告訴他，「讓他們去保衛你的邊界，向你證明他們的勇氣和忠誠。和平不是部族的生活方式。我們必須戰鬥中證明自己。」

她的輪廓像薄霧一般晃動起來。晨星跳上前，說道：「嗚鳥！等等！」

他眨眨眼睛。空地上只有梨鼻和他的戰士們。他們都疑惑地看著他。他怎麼可能懷疑他們的勇氣？饑餓不會削弱族貓對勝利的渴望，反而會讓他們的爪子變得更鋒利，齊心協力地去戰鬥。正因為他沒有戰鬥，沒有保護好雷族的獵物，任由敵貓盜獵，葉風才會死去。如果還會有更多的貓死去，那麼更有尊嚴的死法是戰死沙場，而不是像無助的小貓一樣餓死。

「誰願意隨我加入攻擊風族的戰鬥？」他咆哮道。一時間，空地上寂然無聲。每一隻貓都感到震驚。然後，他的戰士們挺直身子，昂起頭，豎起脊背上的毛。

「我們願意。」族貓們高喊道。更多的貓從他們周圍的巢穴裡出來了。他們的眼裡閃動著晨星多日不見的亮光。「我們真的要打仗？」一隻貓問道。

「是的。」晨星宣誓說。他轉身看著梨鼻：「把你的庫存藥草準備好，閑掌會幫你。」他的目光落在貓群中一隻灰棕色斑點貓身上，「蛾鬚也要參加。我知道，他希望再次為自己的部族服務。」他與長老的目光碰在一起。他們相互點了點頭。然後，晨星豎起尾巴，面向通往營地外的荊豆通道。

「雷族，進攻！」

V

餘波

杉心的最後警告

小寵物貓們，你們已經遊歷了我們最優秀的戰士們的記憶，分享驚心動魄的戰鬥歷史，體驗了牙齒在你們皮毛上合攏的感覺，還有搶在敵貓的致命一擊之前，出掌還擊的快感。你們的好奇心得到滿足了嗎？

關於戰鬥，還有一個教訓是需要吸取的：最後一擊打下去，所有傷口癒合需要很久的時間，戰鬥的回聲仍然不會消失。隨著每一次挑戰的發起，每一掌重擊的落下，生活就已被永遠改變。

在我送你們回一星那裡之前，我還有一個故事要講給你們聽。

那是很久以前的事了，森林裡當時還有五個部族。雷族和天族為他們邊界的土地爭吵了許多個月，已經流了太多的血，因此，天族族長暗星決定，在下一次大集會上公開把那些土地讓給雷族。

他的族貓，尤其是副族長雨雲感到很吃

驚，但暗星拒絕收回他的話。隨後，兩個部族設立新邊界，天族不得不看著敵對部族享用曾經屬於他們的獵物。

許多年過去了，兩腳獸開始在天族邊界修建新巢穴。天族的領地一天天縮小，族長雲星看著那些曾經屬於他們的狩獵地，心裡明白，如果兩腳獸繼續侵占更多他們的領地，便只有那些割讓的狩獵地能給他的部族帶來繼續生存下去的機會了。

於是，他率領戰士發起一次進攻，想用武力奪回那片領地。雷族正求之不得，狠狠地給予還擊，而且他們的戰士個個鬥志昂揚，因為他們的肚子都吃得飽飽的。戰後，兩個部族各自舔舐傷口，也都向自己的小貓講述那場戰鬥的故事，但邊界兩邊的故事卻是兩個完全不同的版本……

獲勝部族的故事

「族貓們，我們勝利了！」紅星兩步衝過空地，跳到高岩上，低頭凝視著聚集在下面的族貓，喉嚨裡發出喜悅的呼嚕聲。他的口鼻被抓傷，後腿被天族戰士撞了一下，疼得要命，腹部的皮毛也少了一撮。但現在這些都不重要了。勝利就是最好的藥草，可以讓疼痛消失。

巫醫隼翅踮起腳尖，站在自已巢穴的入口處，喊道：「所有受傷的貓，都到我這裡來！」

幾名戰士拖著腳步向他走去，但大多數還待在原地，興奮地向沒有參加戰鬥的貓后和長老講述戰鬥的故事。

一群尖叫著的小貓成功地將一隻灰色虎斑貓拖倒在地。而在戰鬥中，幾個從天而降的天族戰士都沒能把他撞倒。

「快跟我們說說這場戰鬥吧！」年齡最大的小貓乞求道。

「天族貓是不是都超級大超級恐怖？」另一隻小貓尖聲問道。

蕁麻掌搖搖頭：「不，但他們都很餓。這對敵貓來說更加危險。」

「對我們就是小意思！」第一隻小貓吱吱喳喳地說，「我敢打賭，你一定讓他們見識到了誰才是森林裡最棒的貓！」

蕁麻掌打趣地哼了一聲。「我猜是的，小傢伙們。」他得意地說。

紅星從高岩上跳下來，想等第一波治療高峰過去之後再去找隼翅。

副族長種皮向他走了過來。她眼睛放光，興奮地說：「歡迎凱旋。你們不在的時候，一切都平安無事。」

紅星點點頭：「我想也是。天族連集結足夠的戰士來迎戰我們都很難，不可能抽出更多的貓來襲擊營地。不過，仍然感謝你留下來保衛營地。我知道，你其實更想上戰場。」

種皮點點頭。「我的機會會來的。」她說，「在那之前，我很榮幸能在你不在的時候保護部族。」

一隻長腿的薑黃貓正向新鮮獵物堆走去。他走到他們身旁時，用尾巴碰了碰紅星的肩膀，呼嚕著說道：「打得漂亮，老朋友。」

紅星點點頭：「謝謝你，琥珀掌，你也不賴。我覺得，你和沙褐色母貓交戰時的動作尤其漂亮。」

紅星的弟弟停下腳步：「沒錯，那隻貓沒想到她從樹上跳下來時，我會躲得那麼快。她好像不太願意從地上爬起來。」

「愚蠢的毛球。」種皮嘲諷道，「我真不懂，他們為什麼老是要讓自己從樹上跳下來？難道他們就沒發現，當他們躲在上面時，敵方會在下面看到一團團的毛球聳立在那裡嗎？」

隼翅俯下身查看紅星的肩膀，手掌中拿著一團白色的東西。他還故意小題大做地拍著族長的口鼻害他打噴嚏。

「打擾一下，紅星，你打算站在這裡流血，還是想讓傷口敷上蜘蛛網？」

「夠了！」紅星命令道，並把眼睛裡那些黏黏的細絲抖掉，「先去看其他的貓。」

隼翅急忙走開，嘴裡還在嘟囔：「好好好，反正族長血多，可以隨便流，對嗎？」

漸漸地，空地上安靜下來。樹梢上的天空慢慢變成粉紅色，然後變成灰。但族貓都還不想睡覺。戰士們還三三兩兩地坐在一起討論戰鬥，回憶哪些動作做得好，哪些動作還需要練習。

紅星加入到他們的行列中，時而讚揚，時而安慰。他還指出，無論發生過什麼事。雷族已經勝利，這才是最重要的。

他朝自己的洞穴走去時，隼翅迎上前來。

「你看到天空了嗎？」巫醫提示道。由於醫治那麼多受傷的戰士，他眼神疲倦，但眼中仍有一線亮光，閃現出的不僅僅是戰鬥的喜悅。

紅星抬頭看去。天幕已經被閃爍的繁星覆蓋，幾乎看不到夜空了。銀帶的光比滿月更亮，風中回蕩著祖先們的低語聲，彷彿都在呼喚他的名字。

「星族贊成我的做法，對嗎？」他悄悄地對隼翅說。

灰色貓點點頭，贊同地說：「在我們祖靈的保佑下，你贏得了這場戰鬥。你已經是星族中的一位英雄了。」

紅星感到一股暖暖的自豪之情油然而生，同時他也感到欣慰：「因此，這意味著我們今天用武力爭奪的領地，本來就屬於雷族。暗星的話永遠有效。這片土地永遠不會被放棄！」

戰敗部族的故事

「族貓們，我們戰敗了。」

雲星走到營地中央。他低垂著頭，但不僅僅是由於疲憊。他皮毛上的每一道抓痕都痛得火燒火燎。他的腳掌已經麻木，因為他曾經從樹上跳到布滿塵土的堅硬地面上。「對不起。」他低聲說道。

鳥飛疾步向他走去，每走一步，渾圓的肚子就向一旁搖擺一下。她琥珀色的眼睛裡充滿了焦慮和關心：「你……你戰敗了？但你說過，我們必須贏得這場戰鬥！」

「是的，我們必須贏，但我們沒能做到！」雲星齜牙咧嘴地說。然後，他退後一步：「對不起、你說得對。我們應該贏的。我

們需要那片土地，我們需要吃飽肚子。」

他的副族長鳩尾一瘸一拐地從旁邊走過，尾巴拖在塵土中。「直接去鹿步那裡。」雲星命令道。空地四周、貓后和長老們擠在從戰場上歸來的戰士們身邊。

他們說話的聲音都很低。雲星聽到，領地上空的什麼地方有一隻畫眉在顫聲歌唱著。勇敢的、愚蠢的鳥兒，他心想，如果你繼續待在這裡，明天就會成為獵物了。剩下的鳥兒已經寥寥無幾，他不知道是否現在就應該派戰士去捕捉那隻畫眉。但每一隻身體夠健康，可以狩獵的貓都參加了戰鬥，都帶著傷回來。有的耳朵被撕破，鼠齒還斷了兩條腿。她從樹枝上跳下去時，那隻狐狸心的雷族貓迅速地跳到一邊。只有星族才知道，在喧囂的戰聲中，那隻雷族貓是怎麼聽到她從樹上跳落的聲音的。也只有星族真的知道。但他們沒有告訴他。雲星不知道他的戰士祖先今天是否在看著他們，不過，星族顯然沒站在他這一邊。

鳥飛輕輕推了推他。「你也得讓巫醫看一下你腰上的傷。」她催促道。

「過一會兒再去。」雲星回答，「我得先向族貓講話，告訴他們，我們不會在失敗一次之後就放棄。」

他爬上那棵節瘤很多的荊棘樹，想站到他向族貓講話時通常站的那根樹枝上。但那根樹枝彷彿比平時高了一些。他試圖用後腿把身子撐上去時，感到一陣鑽心的刺痛，只好改用前掌把自己硬拉上去，在搖擺不定的小樹枝站穩腳跟以前，他曾站在這裡眺望樹林，猜想邊界的情況。

現在，那裡修建一半的兩腳獸巢穴就高聳在這片薄薄的綠色屏障旁邊，紅紅的、硬硬的，充滿威脅。牠們幾乎已經蔓延過一半的天族領地。牠們何時才會停止延伸啊？

樹下傳來一聲咳嗽。他的注意力這才重新回到聚集在樹下的族貓身上。現在，這些曾與他並肩戰鬥的貓，個個眼神茫然，滿臉戰敗的沮喪表情。只有那些沒參加戰鬥的貓后和長老眼中還閃動著一線希望。

雲星戰前沒留下一名戰士保衛營地，心中祈望雷族無意兵分兩路。結果證明，他的預感沒有錯。他在心裡安慰自己，今天的損失不算最大。

「天族貓！」他在樹枝上站直身子，昂起頭，想讓自己的聲音聽上去更像一個沒有被失敗動搖勇氣的族長。「我們今天失敗的原因是，雷族前所未有的勇猛善戰。他們比我們更渴望取得勝利。」

他看到有幾名精疲力竭的戰士臉上閃出驚訝的神色，但其他戰士則在點頭，並抽動著尾巴，彷彿正在為辜負族貓而感到慚愧。雲星覺得有什麼東西深深地刺進自己心中。他知道，他的戰士們已經竭盡全力，但他們寡不敵眾，饑腸轆轆，而且太多次的狩獵都毫無所獲，他們早已疲憊不堪。但是，他必須激發他們的忠誠和榮譽感，讓他們繼續為族貓戰鬥。

「我不是責備你們中的任何一個。我只希望你們回顧一下今天所做的一切，看看是否可以做得更好。如果答案是肯定的，那我們還會有其他的戰鬥，還會有其他機會證明天族戰士的真正實力。」

樹下的貓已經抬起頭來，振作起殘存的自豪感，憧憬著未來的戰爭。

雲星最後說道：「天族最終將奪回應得的東西。我們一定會把那片領地從雷族小偷那邊奪回來！」

樹下的貓發出好幾次的尖聲歡呼。雲星欣慰地舒了一口氣。

他還沒有失去戰士們的信任。有時候，他甚至覺得這彷彿已經是他唯一剩下的權威了。他小心翼翼地從樹幹爬下來，一瘸一拐地向鹿步的巢穴走去。他需要蜘蛛網、金盞花、紫草來緩解傷痛。但他不用罌粟籽。

他今晚不會像懦夫那樣逃避到睡眠中去。相反地，他會清醒地躺著，想出一種更好的進攻雷族的辦法，制定一種不同的戰略，讓他的戰士們能從一開始就占據優勢。

「雲星！雲星……醒醒！」

一個濕漉漉的口戳著雲星的耳朵。他嘟囔著把它推到一邊，坐了起來。透過巢穴的樹枝，他看到天空已經變成黎明的魚肚色，但天仍然很黑，星星仍在頭頂閃爍。星族啊，你們還在守護我們嗎？有什麼智慧之言要帶給我們嗎？

「雲星，我必須和你談談！」

一股熱烘烘的藥草氣息告訴雲星，闖進他巢穴的是巫醫鹿步。

「出什麼事了？」雲星抱怨道。「鳥飛怎麼了嗎？」他跳起來，突然睡意全無，「她沒事吧？你需要我去拿藥草嗎？」

「坐下！」鹿步嘶喊道，「不然，你會把營地的每隻貓都吵醒的。鳥飛很好。再過十來天，她就要生了，但不是今晚。她正在育兒室裡睡得很安穩。」

她拖著腳步走到巢穴裡面一點兒的地方坐下。雲星依稀可以從樹葉的映襯下分辨出她那淺棕色的皮毛。當她把頭轉向他時，他看到了巫醫眼中的亮光。

「我做了一個夢。」鹿步說道。她的聲音異乎尋常的高。而且，雲星還從那些黏在她皮毛上的藥草味下，聞出了另一種氣息：恐懼。

「我敢肯定是星族在向我指示未來。不是很遙遠的未來，因鳥飛帶著你的小貓在那裡出現，而且他們都還很小。」

「但很強壯？」雲星打斷她的話，「他們沒什麼問題吧？」

鹿步搖搖頭：「沒有，小貓看起來……很健康。」

雲星不喜歡她說話的停頓方式，但只是等著她繼續說下去。

巫醫深吸一口氣：「天族正在遠離森林。我……我認為我們是在參加一次大集會。其他的部族都在那裡，他們看著我們離開。」

「什麼？這太荒唐了！」雲星急速甩動著尾巴，「這是我們的領地！」

鹿步凝視著他。雲星被她眼中的悲傷驚得直往後縮。「你還沒明白。」她輕聲說道，「沒有領地了。沒有我們的領地了。兩腳獸已經把我們的領地全部占領了。我們無處可去。」

雲星感覺自己的心裂開了一道傷口。一時間，他無法呼吸。他沒有感到驚訝，只是感到難過，慚愧自己竟然無法保護自己的部族。他的統治將會就這樣結束嗎？天族將被毀滅，天族貓就像臭狐狸那樣被趕出森林？

鹿步把尾巴放在他的肩膀上：「對不起，雲星。你不該打敗那場戰鬥的。我們無法在這次失敗之後活下來。」

結束語
一星的告別辭

哈囉，寵物貓們，你們在這裡啊。我正在想你們跑到哪裡去了呢。你們在樹林中迷路了嗎？這個小島實際上比從岸上看到的更大，對吧？

跟著我，回到空地上去。我們要離開了。我把你們帶到我們的邊界上。然後，你們就必須回家了。你們能自己找到回去的路，對嗎？很好。

你們瞭解到所有想知道的戰爭信息了嗎？我今晚也聽了幾個故事，而且不瞞你們說，還都是我以前沒聽過的。

杉心說了些什麼？有傳言說，他比其他任何貓都更熟悉部族的歷史，但他從沒和我分享過什麼。

戰爭並不總是找到答案的方法。答案只能在戰後得出，因為那時，勝利方和戰敗方才知道這場戰鬥究竟是否值得打。

不過，戰鬥是我們一部分的傳統，是我們

的戰士祖先遺傳下來的，正如我們的未來之路一樣。有些問題只會導致矛盾，所有的挑戰都必須得到勇敢的、計劃周密的回擊。只要我們是為了榮譽、勇氣和對敵貓的尊重而戰，戰鬥傳統就值得繼承下去。

我們將繼續把我們的作戰技巧傳授給新的見習生，然後再監督他們訓練下一代。英雄將受到擁戴，失敗者將淪為歷史的塵埃。這就是成為戰士的意義所在：為我們的傳統自豪，為我們自己打過的仗自豪，為我們的祖先因我們的利益而打過的仗自豪。

因為只要我們血液中的火焰還在燃燒，戰士們就將繼續戰鬥。

國家圖書館出版品預編目資料

荒野手冊. Ⅳ, 部族戰爭 / 艾琳.杭特著 ; 古倫譯.
-- 初版. -- 臺中市 : 晨星, 2014.7
面； 公分. --（貓戰士；34）
譯自：Warriors field guide : battles of the clans
ISBN 978-986-177-829-7（平裝）
874.59 103001628

荒野手冊之Ⅳ Field Guide
部族戰爭 Battles of the clans

作者	艾琳˙杭特（Erin Hunter）
譯者	古倫
責任編輯	郭玟君
校對	林儀涵、鄭乃瑄、陳品璇
封面設計	王志峯
創辦人	陳銘民
發行所	晨星出版有限公司 407台中市西屯區工業30路1號1樓 TEL：04-23595820　FAX：04-23550581 行政院新聞局局版台業字第2500號
法律顧問	陳思成律師
初版	西元2017年05月15日
再版	西元2023年04月30日（三刷）
讀者訂購專線	TEL：（02）23672044 /（04）23595819#212
讀者傳真專線	FAX：（02）23635741 /（04）23595493
讀者專用信箱	service@morningstar.com.tw
網路書店	https://www.morningstar.com.tw
郵政劃撥	15060393（知己圖書股份有限公司）
印刷	上好印刷股份有限公司

定價250元

（缺頁或破損的書，請寄回更換）

ISBN 978-986-177-829-7

Warriors Series: Field Guide：battles of the clans